この本は

のものです

GOOD NIGHT STORIES FOR REBEL GIRLS

GOOD NIGHT STORIES FOR REBEL GIRLS

グッドナイトストーリー フォー レベルガールズ

世界を変えた100人の女の子の物語

文＝エレナ・ファヴィッリ＋
フランチェスカ・カヴァッロ
訳＝芹澤恵＋高里ひろ

河出書房新社

GOOD NIGHT STORIES FOR REBEL GIRLS
100 TALES OF EXTRAORDINARY WOMEN
by Elena Favilli, Francesca Cavallo

Editorial Direction + Art Direction by Francesca Cavallo and Elena Favilli
Cover design by Pemberley Pond
Graphic project by Cori Johnson

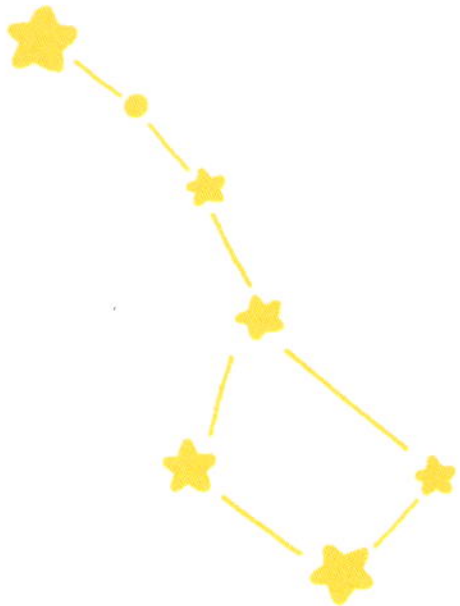

訳者略歴

芹澤恵（せりざわ・めぐみ）

英米文学翻訳家。成蹊大学文学部卒業。主訳書にR・D・ウィングフィールド「フロスト警部」シリーズ、K・ウィルソン『地球の中心までトンネルを掘る』、マンスフィールド『キャサリン・マンスフィールド傑作短篇集 不機嫌な女たち』、A・パチェット『密林の夢』、M・シェリー『フランケンシュタイン』、O・ヘンリー『1ドルの価値／賢者の贈り物他21編』ほか。

高里ひろ（たかさと・ひろ）

英米文学翻訳家。上智大学外国語学部卒業。翻訳学校ユニカレッジで学ぶ。主訳書にローリ・ネルソン=スピールマン『幸福を見つける20のレッスン』、ジェームズ・ガリバー・ハンコック『はたらくまち』、ロイ・バレル『絵と物語でたどる古代史』、トム・リース『ナポレオンに背いた黒い将軍』、ジェイムズ・トンプソン『極夜（カーモス）』『白の迷路』ほか。

翻訳協力

石飛千尋、江尻美由紀、佐藤満里子、錦治美、箸本すみれ、森定文子、安田章子、山内裕子

グッドナイトストーリー　フォー　レベルガールズ
世界を変えた100人の女の子の物語

2018年3月30日　初版発行
2022年8月30日　6刷発行

文
エレナ・ファヴィッリ
フランチェスカ・カヴァッロ

訳
芹澤恵
高里ひろ

日本語版デザイン
三木俊一＋廣田萌＋髙見朋子（文京図案室）

発行者
小野寺優

発行所
株式会社河出書房新社
〒151-0051 東京都渋谷区千駄ヶ谷2-32-2
電話 03-3404-8611（編集）
　　 03-3404-1201（営業）
https://www.kawade.co.jp/

印刷
凸版印刷株式会社

製本
大口製本印刷株式会社

Printed in Japan ISBN978-4-309-27931-2

世界中《せかいじゅう》のおてんばな女《おんな》の子《こ》たちに
大《おお》きな夢《ゆめ》をもち
高《たか》いところをめざして
がんばろう
もし心《こころ》ぼそくなったら、思《おも》いだして
だいじょうぶ、あなたはまちがっていない

もくじ

まえがき

この本《ほん》はわたしたちにとって、いろいろな意味《いみ》でとくべつな本《ほん》になりました。

その理由《りゆう》のいくつかは、すぐに目《め》につくものです。クラウドファンディングで新記録《しんきろく》となるほどたくさんのお金《かね》が集《あつ》まったこと（なんと百万《ひゃくまん》ドル以上《いじょう》。『グッドナイトストーリー・フォー・レベルガールズ　世界《せかい》を変《か》えた一〇〇人《にん》の女《おんな》の子《こ》の物語《ものがたり》』は、新《あたら》しくつくる本《ほん》として、クラウドファンディング史上《しじょう》、最高額《さいこうがく》のお金《かね》を集《あつ》めました）。世界《せかい》の七十《ななじゅう》をこえる国《くに》ぐにから、びっくりするほどおおぜいの人《ひと》たちがお金《かね》を出《だ》してくれたこと。世界中《せかいじゅう》に住《す》む、すごく才能《さいのう》ゆたかな女性《じょせい》イラストレーターたちといっしょに本《ほん》をつくれたこと。

でも、理由《りゆう》の中《なか》には、あまりめだたないものもあります。たとえば、もうすぐお母《かあ》さんやお父《とう》さんになる人《ひと》たちが、生《う》まれてくるむすめにおくるはじめての本《ほん》としてこの本《ほん》を買《か》ったといってくれたこと。友《とも》だちの友《とも》だちが、この本《ほん》を生《う》みだしたキャンペーンを見《み》て勇気《ゆうき》をふるいおこし、前《まえ》からずっとやりたかったのに、「失敗《しっぱい》したらどうしよう」という心配《しんぱい》でできなかったことをやってみる決心《けっしん》をした、とおしえてくれたこと。あるお母《かあ》さんが、この本《ほん》のおかげで、母親《ははおや》として、また女性《じょせい》としての自分《じぶん》の考《かんが》えを、むすこたち三人《さんにん》にうまく伝《つた》えられたと、うれしそうなメールを送《おく》ってくれたこと。そしてなにより、支援《しえん》してくれた人《ひと》たちがわたしたちを心《こころ》から信《しん》じてくれたこと。

女性《じょせい》がこんなに大《おお》きな信頼《しんらい》をよせてもらえるのは、めずらしいことです。わたしたちはこれが当《あ》たり前《まえ》だとは思《おも》っていません。思《おも》えるわけがないのです。この本《ほん》に出《で》てくるすばらしい女性《じょせい》たちのほとんどは、こんなふうに信《しん》じてもらったことはなかったのですから。いくら大《おお》きな発見《はっけん》をしても、どんなに思《おも》いきった冒険《ぼうけん》をしても、どれほどすばらしい天才《てんさい》でも、軽《かる》く見《み》られたり、わすれられたり、なかには歴史《れきし》からすっかりけされてしまうこともあったのです。

女《おんな》の子《こ》たちが、大《おお》きくなっていくなかで、かべにつきあたるかもしれないと知《し》っておくのは大切《たいせつ》なことです。同《おな》じくらい大切《たいせつ》なのは、そういうかべは、のりこえられるものだと知《し》っておくことです。かべをのりこえる方法《ほうほう》を見《み》つけることもできるし、あとにつづく人《ひと》たちのためにかべをなくすこともできます。この本《ほん》に出《で》てくるすばらしい女性《じょせい》たちが、わたしたちにそうしてくれたように。

この本《ほん》に書《か》かれている百《ひゃく》の物語《ものがたり》は、信《しん》じる心《こころ》が世界《せかい》を変《か》える力《ちから》になるということをしめしています。

つよい意志《いし》をもって道《みち》をきりひらいた女性《じょせい》たちが、あなたに勇気《ゆうき》をあたえてくれますように。そうした女性《じょせい》たちをえがいたイラストが、わたしたちのむすめに、体形《たいけい》やはだの色《いろ》や年齢《ねんれい》にかかわらず、だれでもうつくしいのだと心《こころ》から信《しん》じさせてくれますように。読者《どくしゃ》のひとりひとりが、もっともすばらしい成功《せいこう》は、情熱《じょうねつ》、興味《きょうみ》、広《ひろ》い心《こころ》をもって人生《じんせい》を生《い》きることだと思《おも》えますように。わたしたちのだれもが、幸《しあわ》せに生《い》きて、いろいろなことをやってみる権利《けんり》があるのだと、いつもわすれないでいられますように。

あなたがこの本《ほん》を手《て》にとってくれて、わたしたちの心《こころ》は、みんなでともにこれからの世界《せかい》をつくっていけるという希望《きぼう》と、わくわくする気《き》持《も》ちでいっぱいです。その世界《せかい》では、性別《せいべつ》によって夢《ゆめ》や成功《せいこう》の大《おお》きさが決《き》まることはありません。その世界《せかい》では、だれでも自信《じしん》をもって「わたしは自由《じゆう》だ」といえるのです。

この道《みち》をいっしょに歩《ある》いてくれて、ありがとう。

エレナ・ファヴィッリ
フランチェスカ・カヴァッロ

Good Night Stories for Rebel Girls

アウンサンスーチー

AUNG SAN SUU KYI

政治家《せいじか》

あるところに、アウンサンスーチーというわかい女《おんな》の人《ひと》がいました。アウンサンスーチーはミャンマーのゆうふくな家《いえ》に生《う》まれそだち、家族《かぞく》であちこちの外《がい》国《こく》をおとずれました。

アウンサンスーチーが、イギリスで夫《おっと》と子《こ》どもたちふたりといっしょにくらしていたとき、電話《でんわ》がなりました。

「ママのお母《かあ》さんがおもい病気《びょうき》になってしまったの」アウンサンスーチーは子《こ》どもたちにいいました。「お世話《せわ》するために、わたしはミャンマーに帰《かえ》らないと」

はじめは、数週間《すうしゅうかん》でイギリスにもどるつもりでした。けれどもミャンマーについてすぐに、軍事独裁者《ぐんじどくさいしゃ》に反対《はんたい》する運動《うんどう》にかかわることになりました。その独裁者《どくさいしゃ》は軍隊《ぐんたい》の力《ちから》でミャンマーを支配《しはい》し、自分《じぶん》に反対《はんたい》する人《ひと》はかたっぱしから牢屋《ろうや》に入《い》れていたのです。

アウンサンスーチーが独裁者《どくさいしゃ》に反対《はんたい》するえんぜつをすると、すぐにたくさんの人《ひと》がおうえんするようになりました。独裁者《どくさいしゃ》は、このわかい女《おんな》はとてもきけんな人物《じんぶつ》だと考《かんが》え、アウンサンスーチーにむずかしい決断《けつだん》をせまりました。

「今《いま》すぐミャンマーを出《で》て二度《にど》ともどらないか、ここにのこって家《いえ》にとじこめられるか、どちらかをえらべ」

アウンサンスーチーはまよいました。イギリスで待《ま》っている夫《おっと》と子《こ》どもたちのところに帰《かえ》りたい。でもミャンマーの人《ひと》たちは、わたしをひつようとしている。「わたしはミャンマーにのこります」

アウンサンスーチーはそれから二十一年間《にじゅういちねんかん》、ほとんど家《いえ》から出《で》ることができませんでした。それでも、たずねてくる人《ひと》たちに自分《じぶん》の思《おも》いを伝《つた》えました。ミャンマーを民主的《みんしゅてき》な国《くに》にしよう、話《はな》しあいで平和《へいわ》な国《くに》に変《か》えよう、というメッセージをおくりつづけたのです。

やがてアウンサンスーチーは、民主主義《みんしゅしゅぎ》と人《じん》権《けん》をもとめる非暴力《ひぼうりょく》のたたかいをたたえられ、ノーベル平和賞《へいわしょう》を受賞《じゅしょう》しました。家《いえ》から一歩《いっぽ》も出《で》ることなく、ミャンマーと世界《せかい》の人《ひと》びとを勇《ゆう》気《き》づけたのです。

そしてとうとう自由《じゆう》の身《み》になると、ミャンマーのリーダーにえらばれました。

1945年《ねん》6月《がつ》19日《にち》—

ミャンマー

ILLUSTRATION BY
LIZZY STEWART
「この世界《せかい》に住《す》んでいるわたしたちは、
この世界《せかい》のためにベストをつくすべきでしょう」
アウンサンスーチー

アシュリー・フィオレク

ASHLEY FIOLEK

モトクロス選手《せんしゅ》

アシュリーという小《ちい》さな女《おんな》の子《こ》がキッチンであそんでいると、テーブルからおなべがおちて、ガシャンとすごく大《おお》きな音《おと》がしました。それなのに、アシュリーはふりむきもしません。お母《かあ》さんとお父《とう》さんは、心《しん》配《ぱい》になって、アシュリーに耳《みみ》のけんさをうけさせることにしました。そのけっか、アシュリーは耳《みみ》が聞《き》こえていないことがわかりました。

お母《かあ》さんとお父《とう》さんは、手話《しゅわ》を勉強《べんきょう》しました。耳《みみ》が聞《き》こえない子《こ》たちのキャンプにアシュリーを参加《さんか》させました。アシュリーがみんなからいろいろ学《まな》んで、自信《じしん》をもてるようになると思《おも》ったからです。

アシュリーのお父《とう》さんとおじいさんは、オートバイがだいすきでした。だからふたりは三歳《さんさい》のアシュリーに、子《こ》ども用《よう》のオートバイをプレゼントしました。三人《さんにん》はいつもオートバイにのって森《もり》に出《で》かけました。アシュリーはこのおでかけがだいすきで、やがてモトクロスの選手《せんしゅ》になりたいと思《おも》うようになりました。モトクロスというのは、土《つち》のコースでスピードをあらそうオートバイのレースです。

そんなことはむりだ、とほとんどの人《ひと》がいいました。「モトクロスでは、音《おと》を聞《き》くことがとても大事《だいじ》なんだ。エンジンの音《おと》でギアチェンジのタイミングがわかる。ほかの選手《せんしゅ》がどこにいるのかも、音《おと》ではんだんする必要《ひつよう》がある」

けれどもアシュリーは、手《て》でエンジンのふるえをかんじて、ギアチェンジのタイミングがわかります。目《め》のはしで人《ひと》かげをとらえ、ほかの選手《せんしゅ》がちかづいてくるのもわかります。

アシュリーは世界最速《せかいさいそく》の女性《じょせい》モトクロスライダーを決《き》める〈WMX《ダブリューエムエックス》チャンピオンシップシリーズ〉で、四度《よんど》も優勝《ゆうしょう》しました。

アシュリーは何度《なんど》も何度《なんど》もころびました。左《ひだり》うで、右《みぎ》の手首《てくび》、右《みぎ》の足首《あしくび》、さこつ（三回《さんかい》も）、前歯《まえば》も二本《にほん》、おっています。けれどもアシュリーはかならず元気《げんき》になって、またオートバイにまたがりました。

アシュリーの家《いえ》の前《まえ》には、オートバイをはこぶトラックがとまっています。そのトラックのうしろには、こう書《か》いたステッカーがはってあります。「すきなだけクラクションをならしてもいいわよ！　あたしは耳《みみ》が聞《き》こえないから」

1990年《ねん》10月《がつ》22日《にち》—

アメリカ

「バイクにのっているとき、
ゆれのことなんて考《かんが》えない。
なんにも考《かんが》えないのよ。だってもう、
バイクとひとつになってるんだもの」
アシュリー・フィオレク

ILLUSTRATION BY
KATE PRIOR

アストリッド・リンドグレーン
ASTRID LINDGREN

作家《さっか》

昔《むかし》

むかし、おおぜいの家族《かぞく》といっしょに農場《のうじょう》でくらしている女《おんな》の子《こ》がいました。

朝《あさ》から夕方《ゆうがた》まで、お兄《にい》さんと妹《いもうと》たちといっしょに野原《のはら》であそんでいました。あそんでいないときには、動物《どうぶつ》たちの世話《せわ》のおてつだいもしていました。にわとりやあひるのような小《ちい》さな動《どう》物《ぶつ》だけではなく、牛《うし》や馬《うま》といった大《おお》きな動物《どうぶつ》もです！

その子《こ》はアストリッドという名前《なまえ》で、とてもおてんばでした。

つよくて、勇気《ゆうき》があって、ひとりぼっちになるのをけっしておそれず、なんでもやりました。そうじをしたり、料理《りょうり》をしたり、こわれた自転《じてん》車《しゃ》をなおしたり、屋根《やね》の上《うえ》を歩《ある》いたり、いじめっ子《こ》をこらしめたり、すばらしい物語《ものがたり》をつくったり……あれれ、どこかで聞《き》いたことがあると思《おも》わない？

もしもあなたが、つよくて、勇気《ゆうき》があって、こわいもの知《し》らずの女《おんな》の子《こ》が出《で》てくる『長《なが》くつ下《した》のピッピ』というお話《はなし》を読《よ》んだことがあるなら、アストリッドがそのすばらしいお話《はなし》をつくった人《ひと》だと聞《き》いても、びっくりすることはないでしょう。

『長《なが》くつ下《した》のピッピ』の本《ほん》が出《で》たとき、たくさんの大人《おとな》たちが文句《もんく》をいいました。「ピッピは反抗的《はんこうてき》すぎるよ。この本《ほん》を読《よ》んだら、子《こ》どもたちは、大人《おとな》のいうことなんて聞《き》かなくてもいいと思《おも》ってしまう」でも子《こ》どもたちは、この本《ほん》がだいすきになりました。

ピッピはわけもなく反抗的《はんこうてき》なことをしているのではありません。ピッピは小《ちい》さな読者《どくしゃ》たちに、なんでもひとりでできるつよさをもつことが大《たい》切《せつ》だとおしえてくれます。もうひとつ大切《たいせつ》なのは、友《とも》だちとなかよくすることです。

『長《なが》くつ下《した》のピッピ』は、子《こ》どもの本《ほん》の中《なか》でもすごく人気《にんき》のある作品《さくひん》になりました。アストリッドはほかにもたくさん本《ほん》を書《か》きました。どのお話《はなし》にも、自分《じぶん》のやりたいことをするつよい子《こ》どもたちが出《で》てきます。

だから、毎日《まいにち》の生活《せいかつ》の中《なか》でなやんでしまうことがあったら、『長《なが》くつ下《した》のピッピ』を読《よ》んでみてね。ピッピはいつでもあなたの力《ちから》になってくれるから！

1907年《ねん》11月《がつ》14日《にち》—2002年《ねん》1月《がつ》28日《にち》

スウェーデン

ILLUSTRATION BY
JUSTINE LECOUFFE

「いたずらって、考《かんが》えてするものではなく、
たまたまそうなるものよ」
アストリッド・リンドグレーン

アミーナ・グリブ=ファキム

AMEENAH GURIB-FAKIM

大統領《だいとうりょう》／科学者《かがくしゃ》

インド洋《よう》にうかぶ、モーリシャスという島国《しまぐに》に、植物《しょくぶつ》のことならなんでも知《し》りたいと思《おも》う女《おんな》の子《こ》がいました。名前《なまえ》をアミーナといいました。

アミーナは、生物多様性《せいぶつたようせい》を研究《けんきゅう》しました。生《せい》物多様性《ぶつたようせい》というのは、地球上《ちきゅうじょう》にたくさんの種類《しゅるい》のさまざまな動植物《どうしょくぶつ》が存在《そんざい》して、それらがたがいにかかわりあって生《い》きている、そうしたゆたかな自然《しぜん》のつながりのことです。

かおりがよく、薬《くすり》のかわりにもなるハーブや花《はな》を何百種類《なんびゃくしゅるい》も集《あつ》め、その成分《せいぶん》を研究《けんきゅう》しました。そうした植物《しょくぶつ》のことをもっとよくしらべるために、農村《のうそん》をいくつもたずねて、昔《むかし》から伝《つた》わるやりかたで病気《びょうき》をなおすヒーラーたちに、儀式《ぎしき》で植物《しょくぶつ》をどのように使《つか》っているのか、おしえてもらいました。

アミーナにとって、植物《しょくぶつ》は友《とも》だちのようなものです。

とくにすきなのは、バオバブの木《き》です。とても役《やく》に立《た》ってくれるからです。まず、みきは水《すい》分《ぶん》をたくわえます。葉《は》には炎症《えんしょう》をおさえる作用《さよう》があります。『サルのりんご』ともよばれる実《み》には、人間《にんげん》のお乳《ちち》よりもたくさんのたんぱくしつがふくまれています。

アミーナは、植物《しょくぶつ》からいろいろなことを学《まな》べると考《かんが》えています。たとえば、モーリシャスの固有種《こゆうしゅ》であるベンジョワンという植物《しょくぶつ》もそうです。「動物《どうぶつ》は用心《ようじん》ぶかいので、見《み》たことのない植物《しょくぶつ》は食《た》べません。この木《き》は、かんたんに動物《どうぶつ》に食《た》べられないように、同《おな》じ木《き》でも葉《は》の形《かたち》や大《おお》きさがちがっているんです。ね、すごく頭《あたま》がいいでしょう？」

植物《しょくぶつ》は生《い》きた生物研究所《せいぶつけんきゅうじょ》だと、アミーナは思《おも》っています。人間《にんげん》やほかの生物《せいぶつ》にとってとてもだいじなじょうほうが、いっぱいつまっているからです。「森《もり》の木《き》をぜんぶきりたおすのは、研究所《けんきゅうじょ》をひとつ丸《まる》ごとなくすのと同《おな》じです。その研究所《けんきゅうじょ》は、もう二度《にど》ととりもどすことはできません」

アミーナは、モーリシャスの大統領《だいとうりょう》にえらばれました。毎日《まいにち》、モーリシャスがくらしやすい国《くに》になるよう、いっしょうけんめいがんばっています。人間《にんげん》のため、動物《どうぶつ》のため、そしてもちろん、植物《しょくぶつ》のためにもです。

1959年《ねん》10月《がつ》17日《にち》—

モーリシャス

「めだたない植物《しょくぶつ》でも、
びっくりするようなひみつをもっています」
アミーナ・グリブ=ファキム

アムナ・アル・ハダッド

AMNA AL HADDAD

重量挙《じゅうりょうあ》げ選手《せんしゅ》

あるところに、アムナというジャーナリストがいました。アムナは幸《しあわ》せではありませんでした。太《ふと》りすぎで、健康《けんこう》ではなかったからです。あるとき、心《こころ》の中《なか》でつぶやきました。「このままじゃだめ。なんでもいいからやってみよう。散歩《さんぽ》でもいい」

そして散歩《さんぽ》をはじめました。

すると、とてもたのしくて、もっといろいろやってみたくなりました。長《なが》いきょりを走《はし》ったり、短《みじか》いきょりをダッシュしたり。スポーツジムでトレーニングもはじめました。そこで重《じゅう》量挙《りょうあ》げをやっている人《ひと》を見《み》て、アムナはあっと思《おも》いました。あれこそ、わたしにぴったりのスポーツだ。

国際重量《こくさいじゅうりょう》挙《あ》げ連盟《れんめい》が、イスラム教徒《きょうと》の女性《じょせい》はユニタードを着《き》て大会《たいかい》に出《で》てもいいと決《き》めたことで、アムナの人生《じんせい》は変《か》わりました。

ユニタードは、顔以外《かおいがい》の肌《はだ》をすっぽりかくす服《ふく》です。イスラム教《きょう》では、女性《じょせい》は人前《ひとまえ》で肌《はだ》を見《み》せてはいけないことになっています。アムナはヨーロッパやアメリカの大会《たいかい》に出場《しゅつじょう》するようになり、世界中《せかいじゅう》のイスラム教徒《きょうと》の女性《じょせい》のあこがれの的《まと》になりました。

そんなアムナのかつやくをふゆかいに思《おも》う人《ひと》もいました。重量挙《じゅうりょうあ》げは男《おとこ》のスポーツだから、そんなスポーツをするなんて、はしたないというのです。でも、アムナのちょうせんをおうえんしてくれる人《ひと》もいました。

「つよい自分《じぶん》がすきです」アムナはいいます。「女《おんな》の子《こ》だって、男《おとこ》の子《こ》と同《おな》じくらいつよくなれます。いいえ、男《おとこ》の子《こ》よりもつよく！」

アムナは重量挙《じゅうりょうあ》げがだいすきになって、リオデジャネイロのオリンピックにむけてトレーニングをはじめました。

だれでも自分《じぶん》のすきなスポーツを見《み》つけて、やってみてほしいとアムナは思《おも》っています。「年齢《ねんれい》も、宗教《しゅうきょう》も、民族《みんぞく》も関係《かんけい》ありません。スポーツはだれにとってもすばらしいものです。スポーツは平和《へいわ》をもたらし、世界《せかい》をひとつにしてくれます」

「どんなにむずかしい問題《もんだい》があっても、夢《ゆめ》をすてないで。あきらめないでがんばれば、そのぶんだけゴールにちかづける。問題《もんだい》がむずかしくなったら、もっとがんばるのよ」

1989年《ねん》10月《がつ》21日《にち》—

アラブ首長国連邦《しゅちょうこくれんぽう》

「わたしになにができて、
なにができないかは、自分《じぶん》で決《き》めるわ」
アムナ・アル・ハダッド

アメリア・エアハート

AMELIA EARHART

飛行家《ひこうか》

昔《むかし》

むかし、アメリアという女《おんな》の子《こ》が、お金《かね》をためてあざやかな黄色《きいろ》の飛行《ひこう》機《き》を買《か》いました。そしてその飛行機《ひこうき》に、カナリアという名前《なまえ》をつけました。

アメリアは自分《じぶん》の飛行機《ひこうき》を手《て》に入《い》れると、すぐにどこまで高《たか》く飛《と》べるかの記録《きろく》にちょうせんし、女性《じょせい》の世界記録《せかいきろく》をつくりました。女《おんな》の人《ひと》ではじめて飛行機《ひこうき》で大西洋《たいせいよう》を横断《おうだん》したときには、イギリスでもアメリカでも、ねつれつなかんげいをうけました。

さらにアメリアは、女《おんな》の人《ひと》ではじめて大西洋《たいせいよう》横断単独飛行《おうだんたんどくひこう》を成功《せいこう》させました。それは命《いのち》がけのきけんなちょうせんでした。小《ちい》さな飛行機《ひこうき》は強風《きょうふう》やふぶきにあって、ぐらぐらとゆれました。アメリアはストローで缶入《かんい》りのトマトジュースをのんで、がんばりました。十五時間《じゅうごじかん》とびつづけて、北《きた》アイルランドの牧草地《ぼくそうち》に着陸《ちゃくりく》すると、ちかくにいた牛《うし》たちがびっくりしていました。「とおくから来《き》たのかい？」と、農家《のうか》の人《ひと》がききました。「アメリカから来《き》たの！」アメリアは、わらいながら、そうこたえました。

アメリアは空《そら》をとぶのと、だれもやったことがないことにちょうせんするのがだいすきでした。最大《さいだい》のちょうせんは、女《おんな》の人《ひと》としてはじめて世界一周飛行《せかいいっしゅうひこう》をすることでした。

アメリアがもっていけるのは、小《ちい》さなバッグひとつだけでした。荷物《にもつ》をなるべく少《すく》なくして、できるだけ多《おお》くのねんりょうを飛行機《ひこうき》につみこむためです。

長《なが》い旅《たび》は順調《じゅんちょう》に進《すす》んでいました。しかし着陸《ちゃくりく》する予定《よてい》だったハウランド島《とう》に、アメリアはあらわれませんでした。

最後《さいご》の無線通信《むせんつうしん》でアメリアは、今《いま》、雲《くも》の中《なか》をとんでいて、ねんりょうが少《すく》なくなっているといっていました。アメリアの飛行機《ひこうき》は太平洋《たいへいよう》のどこかで行方不明《ゆくえふめい》になり、いまだに見《み》つかっていません。

出発前《しゅっぱつまえ》に、アメリアはこんな文章《ぶんしょう》を書《か》いています。「きけんだということは、よくわかっています。それなのにどうしてやりたいのかというと、どうしてもやりたいからです。女《おんな》の人《ひと》も、男《おとこ》の人《ひと》がちょうせんしていることはなんでもやってみるべきです。もし失敗《しっぱい》したとしても、その失敗《しっぱい》はほかの人《ひと》たちの目標《もくひょう》になります」

1897年《ねん》7月《がつ》24日《にち》—1937年《ねん》7月《がつ》ごろ

アメリカ

ILLUSTRATION BY
GIULIA FLAMINI
「冒険《ぼうけん》そのものに、かちがあるのです」
アメリア・エアハート

アリシア・アロンソ

ALICIA ALONSO

バレリーナ

昔《むかし》

むかし、歴史《れきし》に名《な》をのこすほどすばらしいバレリーナになった、目《め》の見《み》えない女《おんな》の子《こ》がいました。

名前《なまえ》をアリシアといいます。

十代《じゅうだい》のころまでは目《め》が見《み》えていて、しょうらいをきたいされるバレリーナとして注目《ちゅうもく》されていました。けれどもあるとき病気《びょうき》になり、視力《しりょく》がどんどんおちていきました。目《め》の手術《しゅじゅつ》をしたあと、何《なん》か月《げつ》もベッドでじっとしていなければいけませんでした。どうしてもおどりたい。そう思《おも》ったアリシアは、自分《じぶん》にできるたったひとつの方法《ほうほう》でおどりました。「心《こころ》の中《なか》でおどったのよ。目《め》も見《み》えず、体《からだ》もうごかず、あおむけにねたままで、わたしは心《こころ》の中《なか》で『ジゼル』をおどったの」

あるとき、世界有数《せかいゆうすう》のすぐれたバレエ団《だん》、〈アメリカン・バレエ・シアター〉の主役《しゅやく》のバレリーナがけがをして、アリシアは代役《だいやく》をたのまれました。すでに目《め》がよく見《み》えなくなっていたのですが、どうしてことわることができるでしょう? だって、ジゼルの役《やく》だったんですよ!

アリシアがおどりはじめたとたん、観客《かんきゃく》はみんなうっとりと見《み》つめました。

目《め》がほとんど見《み》えないというのに、気品《きひん》にみちて、どうどうとしたおどりでした。アリシアはいっしょにおどるバレリーナたちに、いつ、どこにいてほしいか、しっかりとおしえておいたのです。

アリシアのおどりはだれにもまねのできないすばらしさだったので、自分《じぶん》のバレエ団《だん》といっしょに、たくさんの国《くに》にまねかれておどりました。

たぐいまれなバレリーナにあたえられる、「プリマ・バレリーナ・アッソルータ」のめいよにもかがやきました。バレリーナの最高《さいこう》のかたがきで、とてもまれなものです。けれどもアリシアの夢《ゆめ》は、ふるさとのキューバでクラシックバレエをさかんにすることでした。

世界《せかい》の国《くに》ぐにをまわってから、キューバに帰《き》国《こく》すると、クラシックバレエをおしえはじめました。〈アリシア・アロンソ・バレエ団《だん》〉をつくり、それはのちに、キューバ国立《こくりつ》バレエ団《だん》になりました。

1921年《ねん》12月《がつ》21日《にち》—2019年《ねん》10月《がつ》17日《にち》

キューバ

ILLUSTRATION BY
ANA JUAN

「バレリーナはあらゆる芸術《げいじゅつ》から
学《まな》ばないといけません」
アリシア・アロンソ

アルテミジア・ジェンティレスキ

ARTEMISIA GENTILESCHI

画家《がか》

昔《むかし》むかし、絵《え》をかくのがとびぬけてじょうずな女《おんな》の子《こ》がいました。アルテミジアという名前《なまえ》で、うつくしく、しっかりものでした。

お父《とう》さんのオラツィオは画家《がか》で、アルテミジアが小《ちい》さいときから、自分《じぶん》の工房《こうぼう》でむすめに絵《え》をおしえていました。

十七歳《じゅうななさい》になるころには、アルテミジアはすでに何《なん》まいもすばらしい絵《え》をかきあげていました。それでもみんなはうたぐりぶかく、こそこそとささやきあいました。「アルテミジアに、こんなじょうずな絵《え》がかけるわけがないよ」

その時代《じだい》には、女《おんな》の人《ひと》は、有名《ゆうめい》な画家《がか》の工房《こうぼう》にちかづくことさえ、ゆるされていませんでした。アカデミーで絵《え》を学《まな》ぶこともできなかったのです。

そこでアルテミジアのお父《とう》さんは、友人《ゆうじん》で、ゆうめいな画家《がか》のアゴスティーノ・タッシにたのみました。「たいらな面《めん》に立体的《りったいてき》な絵《え》をかく遠《えん》近法《きんほう》を、アルテミジアにおしえてやってくれ」

アゴスティーノはゆうしゅうな弟子《でし》のアルテミジアを気《き》に入《い》って、自分《じぶん》の恋人《こいびと》になれ、とせまりました。「ぜったいに結婚《けっこん》するから」といいわれても、アルテミジアはことわりつづけました。

しかしなんどもむりやり体《からだ》をさわられたので、アルテミジアはとうとうお父《とう》さんに、こまっているとうちあけました。お父《とう》さんは、アルテミジアのいうことを信《しん》じました。アゴスティーノは有力者《ゆうりょくしゃ》で、敵《てき》にまわすときけんな相手《あいて》です。それでもお父《とう》さんは、アゴスティーノを教会《きょうかい》にうったえました。

教会《きょうかい》による裁判《さいばん》でアゴスティーノは、なにも悪《わる》いことはしていない、といいはりました。アルテミジアはとてもつらく、いやな思《おも》いをしましたが、いっかんして真実《しんじつ》をうったえつづけ、ぜったいに引《ひ》きさがりませんでした。ついに、アゴスティーノは有罪《ゆうざい》になりました。

そんなひどいことがあっても、アルテミジアは絵《え》をあきらめず、その後《ご》、正式《せいしき》にアカデミーに入《はい》り、すばらしい画家《がか》としてみとめられてかつやくしました。今《いま》では、アルテミジアは、歴《れき》史上《しじょう》もっともすぐれた画家《がか》のひとりとして知《し》られています。

1593年《ねん》7月《がつ》8日《にち》—1653年《ねん》6月《がつ》14日《にち》

イタリア

「生《い》きているかぎり、
だれのいいなりにもならない」
アルテミジア・ジェンティレスキ

アルフォンシーナ・ストラーダ

ALFONSINA STRADA

自転車選手《じてんしゃせんしゅ》

昔《むかし》

むかし、目《め》にもとまらぬ速《はや》さで自転《じてん》車《しゃ》をかっとばす女《おんな》の子《こ》がいました。

「アルフォンシーナ、とばしすぎだよ!」お父《とう》さんやお母《かあ》さんがさけんでも、そのときにはもう、アルフォンシーナはとおりすぎたあとです。

アルフォンシーナが結婚《けっこん》したとき、これでようやく、自転車選手《じてんしゃせんしゅ》になりたいなんてとんでもない夢《ゆめ》はあきらめるだろう、と家族《かぞく》はきたいしました。ところがなんと、結婚式《けっこんしき》の日《ひ》、はなむこは、ぴかぴかの競技用《きょうぎよう》自転車《じてんしゃ》をはなよめにプレゼントしたのです。

夫《おっと》とふたりでミラノにひっこすと、アルフォンシーナはプロの自転車選手《じてんしゃせんしゅ》として練習《れんしゅう》をはじめました。

めきめきと力《ちから》をつけ、いくつもの大会《たいかい》ですばらしい成績《せいせき》をおさめたアルフォンシーナは、数《すう》年後《ねんご》、世界《せかい》でも指《ゆび》おりのきびしいレースとして有名《ゆうめい》な、〈ジーロ・ディターリア〉という大会《たいかい》に出場《しゅつじょう》しました。それまでそんなことをやろうとした女性《じょせい》はだれもいません。「ぜったいにゴールできないよ」みんながそういいましたが、だれもアルフォンシーナをとめることはできません。

〈ジーロ・ディターリア〉は、〝ステージ〟とよばれる一日《いちにち》がかりのレースを十二回走《じゅうにかいはし》る、長《なが》くてきびしい大会《たいかい》でした。全長三千《ぜんちょうさんぜん》キロメートル以上《いじょう》で、けわしい山道《やまみち》もあります。出場選《しゅつじょうせん》手《しゅ》九十人《きゅうじゅうにん》のうち、最後《さいご》まで走《はし》りきれたのはたった三十人《さんじゅうにん》だけでした。そのうちのひとりがアルフォンシーナで、ゴールでは、英雄《えいゆう》として人《ひと》びとにむかえられました。

ところが次《つぎ》の年《とし》、アルフォンシーナは出場《しゅつじょう》をことわられてしまいます。「ジーロ・ディターリアは男性《だんせい》のレースだ」というのです。でも、そんなことでとめられるアルフォンシーナではありません。

アルフォンシーナはかまわず大会《たいかい》のコースを走《はし》りました。

それから世《よ》の中《なか》がどれほど変《か》わったのかを知《し》ったら、アルフォンシーナはきっとよろこんだことでしょう。

今《いま》では、女性《じょせい》の自転車《じてんしゃ》レースは大人気《だいにんき》です。オリンピックの競技《きょうぎ》にもなっています。

1891年《ねん》3月《がつ》16日《にち》—1959年《ねん》9月《がつ》13日《にち》

イタリア

ILLUSTRATION BY
CRISTINA PORTOLANO

「わたしの自転車《じてんしゃ》を
とめられる人《ひと》はだれもいない」
アルフォンシーナ・ストラーダ

アレック・ウェック

ALEK WEK

スーパーモデル

あるところに、アレックという女《おんな》の子《こ》がいました。学校《がっこう》からの帰《かえ》り道《みち》、アレックはいつもマンゴーの木《き》のところで立《た》ちどまり、その実《み》をもいで、食《た》べながらおうちに帰《かえ》りました。

アレックの村《むら》には、水道《すいどう》も電気《でんき》も通《とお》っていません。のみ水《みず》は井戸《いど》まで歩《ある》いていって、くんでくるのです。それでもアレックは、家族《かぞく》といっしょに、つつましく幸《しあわ》せにくらしていました。

ところが、おそろしい戦争《せんそう》が起《お》きて、アレックの人生《じんせい》はすっかり変《か》わってしまいました。きけんを知《し》らせるサイレンが村《むら》じゅうにひびきわたり、家族《かぞく》みんなで、戦《たたか》いから逃《に》げなければならなかったのです。

雨《あめ》の多《おお》い雨季《うき》という季節《きせつ》だったので、川《かわ》はあふれ、橋《はし》は水中《すいちゅう》にしずんでいました。アレックはおよげません。おぼれてしまう、とアレックはこわくなりましたが、お母《かあ》さんに助《たす》けてもらって、ぶじにむこう岸《ぎし》にわたることができました。

アレックたち家族《かぞく》はお金《かね》をもっていなかったので、お母《かあ》さんはもってきた塩《しお》と引《ひ》きかえに、みんなの食《た》べものとパスポートを手《て》に入《い》れました。アレックたちは苦労《くろう》して戦争《せんそう》をのがれ、ロンドンにたどりつきました。

ある日《ひ》アレックが公園《こうえん》にいると、有名《ゆうめい》なモデル事務所《じむしょ》のスカウトがちかづいてきました。アレックをモデルにしたいと思《おも》ったのです。アレックのお母《かあ》さんは反対《はんたい》しましたが、スカウトはあきらめません。とうとうお母《かあ》さんは、アレックがモデルになることをみとめました。

アレックは顔《かお》も体《からだ》つきも、ほかのモデルたちとはまったくちがっていたので、すぐに大人気《だいにんき》になりました。

アレックは子《こ》どものころから、自分《じぶん》はうつくしいと思《おも》っていました。その自信《じしん》をつけてくれたのはお母《かあ》さんです。「女性《じょせい》でいることのすばらしさをよろこぶの。それがうつくしさのひけつよ」

アレックは世界中《せかいじゅう》の女《おんな》の子《こ》たちに、こう伝《つた》えたいと思《おも》っています。「あなたはとてもきれい。みんなとちがっていてもいいの。はずかしがりやでもだいじょうぶ。むりしてほかの人《ひと》たちに合《あ》わせることなんてないのよ」

1977年《ねん》4月《がつ》16日《にち》—

スーダン

「うつくしさが内面《ないめん》から
ひかりかがやいたら、
そのうつくしさは本物《ほんもの》よ」
アレック・ウェック

アン・マコシンスキー

ANN MAKOSINSKI

発明家《はつめいか》

あるところに、夜《よる》になってくらくなると、勉強《べんきょう》ができなくなってしまう女《おんな》の子《こ》がいました。その子《こ》のおうちには電気《でんき》が通《とお》っていなかったからです。ある日《ひ》、友《とも》だちのアンがあそびにきて、ふたりはそのことについて話《はな》しあいました。

　アンはものをつくるのがじょうずで、トランジスタという、電気《でんき》の流《なが》れをコントロールする部品《ぶひん》のことをよく知《し》っていました。

「あなたの体《からだ》のエネルギーで光《ひか》る懐中電灯《かいちゅうでんとう》をつくったらどうだろう？」アンは友《とも》だちにいいました。「だって、わたしたちの体《からだ》は、熱《ねつ》という形《かたち》でたくさんのエネルギーを出《だ》しているんだから」

　ふたりはすごくわくわくしました。

「もし本当《ほんとう》につくれたら、たくさんの人《ひと》が電気《でんき》を使《つか》えるようになるね！」

　アンはまだ十五歳《じゅうごさい》でしたが、いろいろなものをばらばらにしてもとどおりに組《く》みたてたことが何度《なんど》もありました。

　こうして、アンは新《あたら》しい懐中電灯《かいちゅうでんとう》をつくりはじめました。アンはがんばって完成《かんせい》させた懐中《かいちゅう》電灯《でんとう》を「ホロウ懐中電灯《かいちゅうでんとう》」と名《な》づけました。材《ざい》料《りょう》に、中《なか》があいているアルミニウム管《かん》を使《つか》ったからです。ホロウは中《なか》がからっぽという意味《いみ》です。

　アンは、ホロウ懐中電灯《かいちゅうでんとう》を、〈Ｇｏｏｇｌｅ《グーグル》サイエンスフェア〉におうぼしました。Ｇｏｏｇｌｅ《グーグル》サイエンスフェアは、世界中《せかいじゅう》の十三歳《じゅうさんさい》から十八歳《じゅうはっさい》を対象《たいしょう》とする科学《かがく》プロジェクトのコンテストです。

　ホロウ懐中電灯《かいちゅうでんとう》は、みごと大賞《たいしょう》にかがやきました！　電池《でんち》も、風《かぜ》も、太陽《たいよう》の光《ひかり》もひつようない、体温《たいおん》だけで光《ひか》る、世界《せかい》ではじめての懐中電《かいちゅうでん》灯《とう》です。

　アンはこれからもどんどんすごい発明《はつめい》をするだろうと、みんなにきたいされています。

　アンの夢《ゆめ》は、ホロウ懐中電灯《かいちゅうでんとう》を、世界中《せかいじゅう》の電《でん》気《き》が使《つか》えない人《ひと》びとに無料《むりょう》でくばることです。

「科学技術《かがくぎじゅつ》によって、かんきょうをよごすことなく、世界《せかい》をもっとよくすることができます。世界《せかい》にはまだ電気《でんき》を使《つか》えない人《ひと》がたくさんいるけど、わたしの懐中電灯《かいちゅうでんとう》が役《やく》に立《た》ったらいいな、と思《おも》っています」

1997年《ねん》10月《がつ》3日《みっか》—

カナダ

ILLUSTRATION BY
CLAUDIA CARIERI
「生《い》きていれば、
だれでも光《ひかり》をつくりだすことができる」
アン・マコシンスキー

アンナ・ポリトコフスカヤ

ANNA POLITKOVSKAYA

ジャーナリスト

昔《むかし》

むかし、ロシアでは、売《う》ることも、もっていることも法律《ほうりつ》で禁止《きんし》されている本《ほん》がたくさんありました。その中《なか》には、アンナという女《おんな》の子《こ》がだいすきな作家《さっか》たちの本《ほん》もありました。でもアンナの両親《りょうしん》は外《がい》交官《こうかん》で、そういう本《ほん》でも外国《がいこく》からこっそり手《て》に入《い》れてくれたので、アンナは心《こころ》ゆくまですきな本《ほん》を読《よ》むことができました。

アンナは大人《おとな》になって、ジャーナリストになりました。

あるときチェチェンという地域《ちいき》が、ロシアから独立《どくりつ》して、別《べつ》の国《くに》をつくろうとしました。するとロシアの政府《せいふ》はそれをとめようと、チェチェンに軍隊《ぐんたい》をおくり、おそろしい戦争《せんそう》がはじまりました。

アンナはそれを知《し》って、この戦争《せんそう》について書《か》かなければ、と思《おも》いました。チェチェンで起《お》きている本当《ほんとう》のことを、世界《せかい》に伝《つた》えたかったのです。ロシアの政府《せいふ》は、それがまったく気《き》に入《い》りませんでした。

「どうして命《いのち》にかかわるような、きけんな記事《きじ》を書《か》くんだ？」アンナは夫《おっと》からこうきかれて、こたえました。「きけんはわたしの仕事《しごと》にはつきものなの。自分《じぶん》の身《み》になにかおそろしいことが起《お》きるかもしれないのはわかっている。わたしはただ、自分《じぶん》の記事《きじ》で世《よ》の中《なか》をよくしたいと思《おも》っているだけ」

なんどもあぶない目《め》にあいましたが、アンナはひるみませんでした。

ロシア政府《せいふ》のとりしまりでつかまりそうになって、チェチェンの丘《おか》を夜《よ》どおし逃《に》げまわったこともありました。ロシアもチェチェンも、アンナが真実《しんじつ》を書《か》くのをやめさせたかったのです。お茶《ちゃ》に毒《どく》を入《い》れられ、ころされそうになったことまでありました。

そうしたきけんな目《め》にあっても、アンナは勇《ゆう》気《き》をもって、自分《じぶん》の目《め》で見《み》た本当《ほんとう》のことをぜんぶ、世界《せかい》に伝《つた》えつづけました。アンナのチェチェンでの活動《かつどう》は世界《せかい》にみとめられ、ジャーナリストにおくられるめいよある賞《しょう》をいくつも受賞《じゅしょう》しています。

みずからの命《いのち》のきけんをかえりみず、世《よ》の中《なか》をもっとよくするために、なくなるまで真実《しんじつ》を書《か》きつづけたのです。

1958年《ねん》8月《がつ》30日《にち》—2006年《ねん》10月《がつ》7日《にち》

ロシア

ILLUSTRATION BY
LEA HEINRICH

「大事《だいじ》なのは、じょうほうです。
それについてどう思《おも》うかではありません」
アンナ・ポリトコフスカヤ

イサベル・アジェンデ
ISABEL ALLENDE

作家《さっか》

すこし前《まえ》のことです。チリに熱《あつ》い心《こころ》をもった女《おんな》の子《こ》がいました。名前《なまえ》をイサベルといいました。

イサベルは男《おとこ》の子《こ》とちがうあつかいをうけると、そのたびにかならず、こんなのまちがっている、といいました。「女《おんな》の子《こ》だから」といわれて、やりたいことができなくなると、そのたびにくやしくて、心《こころ》に火《ひ》がつくようにかんじました。

イサベルは文章《ぶんしょう》を書《か》くことがだいすきで、人《ひと》びとや人生《じんせい》の物語《ものがたり》にとりわけつよく心《こころ》をひかれました。それでジャーナリストになろうと決心《けっしん》しました。

ジャーナリストになったイサベルは、チリの有名《ゆうめい》な詩人《しじん》、パブロ・ネルーダにインタビューをしました。すると、ネルーダにこういわれました。「あなたには生《い》き生《い》きとしたそうぞうりょくがある。新聞記事《しんぶんきじ》ではなく、小説《しょうせつ》を書《か》くべきだよ」

それから何年《なんねん》かたって、イサベルにかなしい知《し》らせがとどきました。おじいさんの命《いのち》がもう長《なが》くないというのです。でもそのときイサベルは、家《いえ》からとおく、ベネズエラという国《くに》にいて、すぐにチリにもどることができないじょうがありました。そこでおみまいのかわりに、おじいさんに手紙《てがみ》を書《か》きはじめました。

ひとたび書《か》きはじめると、ペンがとまらなくなりました。自分《じぶん》の家族《かぞく》のことを書《か》きました。生《い》きている人《ひと》のこと、なくなった人《ひと》のことを書《か》きました。さらに、人《ひと》びとを苦《くる》しめる独裁者《どくさいしゃ》のこと、熱《あつ》い恋《こい》の物語《ものがたり》、大《おお》きなじしんのひがい、超自然《ちょうしぜん》の力《ちから》、それにゆうれいたちのことも書《か》きました。

その手紙《てがみ》はとても長《なが》くなって、長編小説《ちょうへんしょうせつ》となりました。

『精霊《せいれい》たちの家《いえ》』という題名《だいめい》のその小説《しょうせつ》は、精《せい》霊《れい》たちが見《み》まもるやかたではじまる、祖母《そぼ》、母《はは》、むすめ三代《さんだい》の愛《あい》とにくしみの物語《ものがたり》です。このデビュー作品《さくひん》はたいへんなベストセラーになって、たくさんのことばにほんやくされて、映画《えいが》にもなりました。イサベルは、今《いま》の時代《じだい》のもっとも有名《ゆうめい》な作家《さっか》の仲間入《なかまい》りをはたしました。二十冊《にじゅっさつ》をこえる本《ほん》を書《か》き、五十以上《ごじゅういじょう》の文学賞《ぶんがくしょう》を受賞《じゅしょう》しています。

1942年《ねん》8月《がつ》2日《にち》—

チリ

ILLUSTRATION BY
PAOLA ROLLO

「わすれてはいけないことを書《か》きなさい」
イサベル・アジェンデ

イレーナ・センドレロバ

IRENA SENDLEROWA

正義《せいぎ》の活動家《かつどうか》

ポーランドに、お父《とう》さんのことがだいすきなイレーナという女《おんな》の子《こ》がいました。

あるとき、イレーナの住《す》むワルシャワの町《まち》に、はっしんチフスというおそろしい伝染病《でんせんびょう》が広《ひろ》まりました。イレーナのお父《とう》さんはお医者《いしゃ》さんで、ゆうかんな人《ひと》でした。病気《びょうき》にかかった人《ひと》にちかづかないで、自分《じぶん》の身《み》をまもることもできたのに、お父《とう》さんはかんじゃさんをしんさつし、ちりょうをつづけました。そうしているうちに、お父《とう》さんもはっしんチフスにかかってしまいました。

お父《とう》さんはなくなる前《まえ》に、むすめにいいのこしました。「イレーナ、もしおぼれている人《ひと》を見《み》かけたら、とびこんで助《たす》けるんだよ」

イレーナは、そのことばを大切《たいせつ》に胸《むね》にしまっておきました。

そしてナチスがユダヤ人《じん》をしいたげるようになったとき、イレーナはユダヤ人《じん》の子《こ》どもたちを助《たす》けるてつだいをしました。

ユダヤ人《じん》の子《こ》どもたちにキリスト教徒《きょうと》の名前《なまえ》をつけ、キリスト教徒《きょうと》の家庭《かてい》にかくまってもらうのです。イレーナは、子《こ》どもたちの本当《ほんとう》の名《な》前《まえ》と新《あたら》しい名前《なまえ》を小《ちい》さな紙《かみ》に書《か》いて細《ほそ》くまるめ、マーマレードのびんの中《なか》にしまっておきました。そうして、友《とも》だちの家《いえ》の庭《にわ》にある大《おお》きな木《き》の根《ね》元《もと》に、びんを全部《ぜんぶ》うめてしまいました。

おさない子《こ》どもたちは、イレーナが助《たす》けるためにつれていこうとしても、お父《とう》さんやお母《かあ》さんとはなれるのがかなしくて、ないてしまうこともありました。そういうときにナチスのみはりの注意《ちゅうい》をそらし、子《こ》どものなき声《ごえ》をごまかすために、イレーナは犬《いぬ》を、命令《めいれい》どおりにほえるようにしつけました。

イレーナは子《こ》どもたちを、大《おお》きな袋《ふくろ》や、服《ふく》をつめこんだ旅行《りょこう》かばんや、箱《はこ》の中《なか》にかくしました。ときにはひつぎの中《なか》にかくしたことまでありました！

こうして三《さん》か月《げつ》のあいだに、二千五百人《にせんごひゃくにん》の子《こ》どもの命《いのち》をすくいました。

戦争《せんそう》がおわってから、イレーナはマーマレードのびんをほりだしました。このびんのおかげで、たくさんの子《こ》どもたちを家族《かぞく》のもとにもどすことができました。

1910年《ねん》2月《がつ》15日《にち》—2008年《ねん》5月《がつ》12日《にち》

ポーランド

ILLUSTRATION BY
ZOZIA DZIERŻAWSKA

「わたしは、おぼれている人《ひと》がいたら助《たす》けなさい、とおしえられてそだちました。
宗教《しゅうきょう》や国籍《こくせき》に関係《かんけい》なく助《たす》けるように、と」
イレーナ・センドレロバ

ヴァージニア・ウルフ

VIRGINIA WOOLF

作家《さっか》

昔《むかし》むかし、ロンドンに住《す》んでいる女《おんな》の子《こ》が、自分《じぶん》の家族《かぞく》のことを書《か》いた新《しん》聞《ぶん》をつくりました。ヴァージニアという女《おんな》の子《こ》です。

ヴァージニアは頭《あたま》がよくて、ユーモアにあふれ、いろいろなことをよく知《し》っていて、心《こころ》がとてもせんさいでした。悪《わる》いことが起《お》こると、何《なん》週間《しゅうかん》もかなしみ、たのしいことがあると、心《こころ》のそこからおおよろこびしました。

「わたしは、はげしい生《い》き方《かた》をしてきた」ある日《ひ》の日記《にっき》には、そんなふうにも書《か》いています。

ヴァージニアは、うつ病《びょう》という病気《びょうき》になりました。この病気《びょうき》はときどきものすごく気分《きぶん》がおちこんでしまうのです。ヴァージニアの場合《ばあい》は、それが一生《いっしょう》つづきました。それでも、どんなに気分《きぶん》がしずみこんでいるときでも、ヴァージニアは文章《ぶんしょう》を書《か》くことだけはやめませんでした。日記《にっき》はもちろん、詩《し》や、小説《しょうせつ》や、評論《ひょうろん》も書《か》きました。文章《ぶんしょう》を書《か》くことで、自分《じぶん》の気持《きも》ちをはっきりと知《し》ることができたからです。それに、ほかの人《ひと》たちも、ヴァージニアの文章《ぶんしょう》を読《よ》むことで、自分《じぶん》の気持《きも》ちを、もっと深《ふか》く知《し》ることができました。

ヴァージニアには、文章《ぶんしょう》を書《か》くことと同《おな》じぐらい、だいすきな人《ひと》がいました。夫《おっと》のレナードです。ふたりは深《ふか》く愛《あい》しあっていたので、いっしょにいると、とても幸《しあわ》せでした。けれども、ヴァージニアはうつ病《びょう》のせいで、その幸《しあわ》せをかんじることがむずかしいときがありました。そのころはまだ、どうすればうつ病《びょう》をなおすことができるのか、わかっていませんでしたし、気《き》分《ぶん》がおちこんでしまうのは病気《びょうき》なんかじゃない、と考《かんが》える人《ひと》も多《おお》かったのです。

今《いま》では、研究《けんきゅう》が進《すす》み、ヴァージニアを苦《くる》しめたうつ病《びょう》も、治療《ちりょう》することができるようになりました。

うつ病《びょう》ではない人《ひと》でも、気分《きぶん》がおちこんでしまうことはあります。けれども、たのしいときも、かなしいときも、その中間《ちゅうかん》ぐらいの気分《きぶん》のときも、自分《じぶん》の気持《きも》ちを日記《にっき》に書《か》くのは、いいことです。書《か》きつづけていれば、いつかヴァージニアのようなすばらしい作家《さっか》になって、ほかの人《ひと》が自分《じぶん》の気持《きも》ちを知《し》り、夢《ゆめ》を見《み》つけるおてつだいができるようになるかもしれません。

1882年《ねん》1月《がつ》25日《にち》—1941年《ねん》3月《がつ》28日《にち》

イギリス

ILLUSTRATION BY
ANA JUAN

「根《ね》をはってはいるけれど、流《なが》されていくの」
ヴァージニア・ウルフ

ヴィーナス・ウィリアムズ、セリーナ・ウィリアムズ

SERENA AND VENUS WILLIAMS

テニス選手《せんしゅ》

アメリカのカリフォルニア州《しゅう》にコンプトンという町《まち》があって、その町《まち》にラウルという名前《なまえ》の男《おとこ》がいました。ラウルは通《とお》りのかどに屋台《やたい》を出《だ》して、タコスを売《う》っていました。

毎日《まいにち》、ラウルの屋台《やたい》のまえをとおって、ちかくのテニスコートにむかう男《おとこ》がいました。その男《おとこ》はいつも、むすめをふたり、つれているのです。男《おとこ》の名前《なまえ》は、リチャード・ウィリアムズ、むすめはヴィーナスとセリーナといいました。くる日《ひ》もくる日《ひ》も、リチャードはかごいっぱいのテニスボールをもってコートにかよい、むすめたちにテニスをおしえていたのです。

そのころ、セリーナはまだ、たった四歳《よんさい》でした。とても小《ち》さくて、ベンチにすわると、地面《じめん》に足《あし》がとどきません。お父《とう》さんがもうしこんだトーナメントでは、出場《しゅつじょう》選手《せんしゅ》の中《なか》で、いつもいちばん年下《としした》でした。それなのに、どんどん勝《か》ち進《すす》むのです。

コンプトンの町《まち》には、もめごとを起《お》こしてばかりいる、不良《ふりょう》たちがいました。でも、そんな不良《ふりょう》たちも、ヴィーナスとセリーナが練習《れんしゅう》をしているすがたには、感心《かんしん》してしまうのです。ぜったいにつよくなるんだという気持《きも》ちで、いっしょうけんめいに練習《れんしゅう》していたからです。ふたりの練習《れんしゅう》をだれもじゃましないように、不良《ふりょう》たちはコートのまわりに立《た》って、みはりをするようになりました。

ヴィーナスもセリーナも、テニスが生活《せいかつ》の中《ちゅう》心《しん》でした。きびしい練習《れんしゅう》をつづけたおかげで、十歳《じゅっさい》をすぎたころには、とてもつよくなっていました。お父《とう》さんのリチャードはみんなの前《まえ》でいいました。「うちのむすめたちは、もうじき、世界一《せかいいち》のテニス選手《せんしゅ》になるだろう」

そして、そのとおりになったのです。ヴィーナスもセリーナも、テニスの世界《せかい》ランキングで一位《いちい》になりました。

そんなふたりのことを、お父《とう》さんやタコス売《う》りのラウルおじさんはもちろん、コンプトンの町《まち》の人《ひと》たち全員《ぜんいん》が、おうえんしています。

おかげで、ふたりもがんばれます。女《おんな》だから、黒人《こくじん》だから、という理由《りゆう》で、心《こころ》ないことをいわれても「愛《あい》と光《ひかり》と前向《まえむ》きな気持《きも》ちをあらゆることにそそぐことをやめない」といっています。

ヴィーナス：1980年《ねん》6月《がつ》17日《にち》—、セリーナ：1981年《ねん》9月《がつ》26日《にち》—

アメリカ

ILLUSTRATION BY
DEBORA GUIDI

「わたしって、すごいのよ。
たくさんわらって、たくさん勝《か》って。
それに、とてもセクシーなんだから」
セリーナ・ウィリアムズ

ウィルマ・ルドルフ

WILMA RUDOLPH

スポーツ選手《せんしゅ》

むかし、まだポリオ・ウィルスのワクチンが発見《はっけん》される前《まえ》は、そのウィルスのせいで、おそろしい病気《びょうき》にかかる子《こ》どもたちがいました。ウィルマも小《ちい》さいころに感染《かんせん》し、片脚《かたあし》にまひがのこりました。

「歩《ある》けるようになるかどうか、わかりません」とお医者《いしゃ》さんはいいました。けれども、お母《かあ》さんはウィルマの耳《みみ》もとで、こっそりとささやきました。「だいじょうぶよ、ちゃんと歩《ある》けるようになるからね」

そして、ウィルマをつれて毎週《まいしゅう》、とおくの病《びょう》院《いん》までかよいました。二十一人《にじゅういちにん》のお兄《にい》さんやお姉《ねえ》さんたちは毎日《まいにち》、こうたいでウィルマのまひした脚《あし》をマッサージしました。

ウィルマは脚《あし》に器具《きぐ》をつけないと、歩《ある》くことができません。そのことで、近所《きんじょ》のいじめっ子《こ》にからかわれるのです。そこで、ウィルマは、お父《とう》さんやお母《かあ》さんが家《いえ》にいないときに、器具《きぐ》をつけないで歩《ある》く練習《れんしゅう》をはじめました。器具《きぐ》の助《たす》けなしに歩《ある》くのは、とてもたいへんでした。けれども、脚《あし》はすこしずつ、つよくなっていきます。

そして、九歳《きゅうさい》になるころには、お母《かあ》さんがいっていたとおり、器具《きぐ》がなくても歩《ある》けるようになったのです。そればかりか、なんと、バスケットボールもはじめます。

ウィルマは走《はし》ったり、ジャンプしたりすることがだいすきだったので、陸上競技《りくじょうきょうぎ》のコーチから「うちのチームに入《はい》らないか?」とさそわれたときにも、まったくまよいませんでした。

陸上競技《りくじょうきょうぎ》の選手《せんしゅ》になったウィルマは、つぎつぎに大会《たいかい》に出場《しゅつじょう》しては、一位《いちい》にかがやきます。1960年《ねん》のローマ・オリンピックでは、三《みっ》つの世界記録《せかいきろく》を出《だ》しました。速《はや》く走《はし》れる理由《りゆう》はわからない、とウィルマはいいます。「ただ、いっしょうけんめい走《はし》っているだけだから」

レースで勝《か》つためにだいじなことは、負《ま》けたあとにどうするかだ、ともいっています。

「一度《いちど》も負《ま》けたことがない人《ひと》なんて、いるはずがありません。負《ま》けたら、だれでもショックを受《う》けるけど、そこからたちなおって、またがんばることができれば、もう一度《いちど》勝《か》てるようになるし、いつの日《ひ》か、チャンピオンにもなれるんです」

1940年《ねん》6月《がつ》23日《にち》—1994年《ねん》11月《がつ》12日《にち》

アメリカ

ILLUSTRATION BY
ALICE BARBERINI

「お医者《いしゃ》さんは、歩《ある》けるようには
ならないだろう、といったけど、
母《はは》は、ぜったいに歩《ある》けるようになる、
といいました。わたしは母《はは》のいうことを、
信《しん》じることにしたんです」
ウィルマ・ルドルフ

エイダ・ラブレース

ADA LOVELACE

数学者《すうがくしゃ》

昔《むかし》

むかし、機械《きかい》がだいすきなエイダという女《おんな》の子《こ》がいました。

エイダは空《そら》をとんでみたいとも思《おも》っていました。

そこで鳥《とり》を研究《けんきゅう》して、つばさの大《おお》きさと体《からだ》の重《おも》さのかんぺきなバランスをみちびきだしました。空《そら》とぶ機械《きかい》をつくるために、いろいろな材《ざい》料《りょう》をためして、いくつかの形《かたち》を考《かんが》えだしました。ざんねんながら、エイダは鳥《とり》のように空《そら》をとぶことはできなかったけど、研究《けんきゅう》したことをまとめて、『飛行学《ひこうがく》』というだいめいの、たくさんのイラストがのっているきれいな本《ほん》をつくりました。

ある夜《よる》、エイダは舞踏会《ぶとうかい》にでかけました。そこでチャールズ・バベッジという、気《き》むずかしい数学者《すうがくしゃ》のおじさんと出会《であ》いました。エイダもすぐれた数学者《すうがくしゃ》だったので、ふたりはすぐに友《とも》だちになりました。

チャールズは、自分《じぶん》がつくった機械《きかい》をエイダに見《み》せてくれました。それは〈階差機関《かいさきかん》〉という名前《なまえ》の機械《きかい》でした。自動的《じどうてき》にたし算《ざん》やひき算《ざん》をすることができる機械《きかい》です。それまで、そんな機械《きかい》をつくった人《ひと》は、だれもいませんでした。

エイダはその機械《きかい》にむちゅうになりました。

「もっとむずかしい計算《けいさん》をする機械《きかい》をつくったらどうかしら？」と、エイダはいいました。それはいい、ということになり、エイダとチャールズはいっしょに研究《けんきゅう》をはじめました。その機《き》械《かい》は巨大《きょだい》で、大《おお》がかりな蒸気機関《じょうききかん》を使《つか》うものになりました。

エイダはもっとすごいことを考《かんが》えました。

「この機械《きかい》に、計算《けいさん》だけではなく、音楽《おんがく》をかなでたり、字《じ》を書《か》いたりさせたらどうかしら？」

それはまさに、コンピュータです。わたしたちが今使《いまつか》っているコンピュータが発明《はつめい》されるずっと前《まえ》に、エイダはコンピュータを思《おも》いついていたのです！

エイダは世界《せかい》ではじめて、コンピュータ・プログラムを書《か》きました。時代《じだい》のずっと先《さき》をいっていたエイダの考《かんが》えの価値《かち》がみとめられたのは、エイダがなくなっておよそ百年後《ひゃくねんご》のことでした。エイダのコンピュータ・サイエンスへのこうけんをたたえて、〈エイダ〉と名《な》づけられたコンピュータ言語《げんご》もあるんですよ。

1815年《ねん》12月《がつ》10日《にち》—1852年《ねん》11月《がつ》27日《にち》

イギリス

ILLUSTRATION BY
ELISABETTA STOINICH

「わたしの脳《のう》は、死《し》んだらすべておわりでは
ありません。いつかきっとわかります」
エイダ・ラブレース

エウフロシナ・クルス

EUFROSINA CRUZ

活動家《かつどうか》／政治家《せいじか》

あるところに、トルティーヤをつくるのなんて、まっぴらだと思《おも》った女《おんな》の子《こ》がいました。お父《とう》さんに「女《おんな》にできるのはトルティーヤをつくるのと、子《こ》どもを生《う》むことだけだ」といわれたからです。トルティーヤはメキシコの主食《しゅしょく》で、トウモロコシの粉《こな》をねって、うすくのばしてやいたものです。そんなことをいわれて、エウフロシナはわっとなきだし、「そんなのうそだって、わたしがしょうめいしてみせる」といいかえしました。お父《とう》さんは、「だったらこの家《いえ》から出《で》ていけ。ただし金《かね》はやらんぞ」といいました。

エウフロシナは、まず道《みち》ばたでチューインガムや果物《くだもの》を売《う》って、学校《がっこう》にかようためのお金《かね》をかせぎました。大学《だいがく》で会計学《かいけいがく》を学《まな》び、先生《せんせい》になってふるさとに帰《かえ》ってきて、自分《じぶん》と同《おな》じ先住民《せんじゅうみん》の女《おんな》の子《こ》たちに勉強《べんきょう》をおしえはじめました。つよさと知識《ちしき》を身《み》につければ、女《おんな》の子《こ》だって自分《じぶん》で人生《じんせい》をきずいていけます。

ある日《ひ》、エウフロシナは村長《そんちょう》にりっこうほしました。たくさんの票《ひょう》を集《あつ》めましたが、村《むら》の男《おとこ》たちは、選挙《せんきょ》をなかったことにしてしまいました。「女《おんな》が村長《そんちょう》だって？　ばかなことをいうな」というのです。

エウフロシナはとてもおこって、それまでよりもっとがんばりました。権利《けんり》をもとめてたたかう先住民《せんじゅうみん》の女性《じょせい》を助《たす》けるために、〈QUI《キ》E《エ》GO《ゴ》〉というそしきをつくったのです。そしきのしるしは、白《しろ》いゆりの花《はな》でした。その由来《ゆらい》についてエウフロシナはこういっています。「わたしはどこへいくときも、ゆりの花《はな》をもっていくんです。人《ひと》びとに、先住民《せんじゅうみん》の女性《じょせい》はこの花《はな》にそっくりだということを思《おも》いだしてもらうために。きよらかで、うつくしく、ふまれてもまっすぐたちあがります」

数年後《すうねんご》、エウフロシナは先住民《せんじゅうみん》の女《おんな》の人《ひと》ではじめて、州議会《しゅうぎかい》の議長《ぎちょう》になりました。メキシコの大統領夫人《だいとうりょうふじん》が来《き》たとき、エウフロシナは大統《だいとう》領夫人《りょうふじん》とうでをくんで、地元《じもと》の人《ひと》びとの前《まえ》をどうどうと歩《ある》きました。

メキシコに住《す》む、心《こころ》のつよい先住民《せんじゅうみん》の女《おんな》たちにできないことはひとつもない。エウフロシナはそれをお父《とう》さんに、そして世界《せかい》にしょうめいしたのです。

1979年《ねん》1月《がつ》1日《ついたち》―

メキシコ

「女《おんな》が変《か》わろうと決《き》めたら、
まわりのものすべても変《か》わる」
エウフロシナ・クルス

ILLUSTRATION BY
PAOLA ROLLO

エカチェリーナ二《に》世《せい》

CATHERINE THE GREAT

女帝《じょてい》

昔《むかし》

むかし、あるところに、自分《じぶん》の夫《おっと》のことが、だいきらいな女《おんな》の人《ひと》がいました。

名前《なまえ》をエカチェリーナといって、夫《おっと》のピョートルはロシアの皇帝《こうてい》でした。ロシアの人《ひと》たちはピョートルを、心《こころ》がせまく、いばってばかりの皇帝《こうてい》だとがっかりしていました。

エカチェリーナは、自分《じぶん》のほうがよっぽどじょうずに国《くに》をおさめられるとわかっていました。あとは、夫《おっと》を皇帝《こうてい》の座《ざ》からおろす方法《ほうほう》を考《かんが》えるだけです。

皇帝《こうてい》になって六《ろっ》か月後《げつご》、ピョートルはエカチェリーナをおいて旅行《りょこう》にでかけました。チャンスです。エカチェリーナはいさましいえんぜつをして、皇帝《こうてい》をまもる近衛兵《このえへい》たちを味方《みかた》につけました。近衛兵《このえへい》は、ピョートルではなくエカチェリーナを主君《しゅくん》にすると決《き》め、ロシア正教会《せいきょうかい》の司祭《しさい》も、エカチェリーナのことをロシアの新《あたら》しい皇帝《こうてい》だとみとめました。

女帝《じょてい》になって最初《さいしょ》にしたことは、夫《おっと》のピョートルをつかまえて、牢屋《ろうや》に入《い》れることでした。エカチェリーナは自分《じぶん》にふさわしい、りっぱなかんむりをつくるよう命令《めいれい》しました。

そのごうかなかんむりは、できあがるまでに二《に》か月《げつ》もかかりました！　金《きん》と銀《ぎん》でつくられたかんむりには、四千九百三十六《よんせんきゅうひゃくさんじゅうろっ》このダイヤモンドと、七十五《ななじゅうご》この真珠《しんじゅ》がちりばめられ、てっぺんにはとても大《おお》きくてまっ赤《か》な宝石《ほうせき》のスピネルと、ダイヤモンドでつくったじゅうじかがかざられています。

エカチェリーナはまわりの国《くに》ぐにとの戦争《せんそう》に勝《か》ち、国内《こくない》の反乱《はんらん》をおさえ、ロシア帝国《ていこく》をどんどん大《おお》きくしました。三十四年間《さんじゅうよねんかん》の長《なが》きにわたってロシアをおさめ、国際政治《こくさいせいじ》の世界《せかい》でその地位《ちい》を高《たか》めました。

とてもつよい女《おんな》の人《ひと》だったので、たくさんの人《ひと》にねたまれました。エカチェリーナが生《い》きているあいだは、かげでこそこそ悪口《わるぐち》をいう人《ひと》もいました。なくなったときは、トイレにはまって死《し》んだにちがいないという人《ひと》までいたそうですよ！　でも本当《ほんとう》は、ちゃんとベッドで息《いき》をひきとり、ごうかな金《きん》のひつぎに入《い》れられました。ひつぎは今《いま》も、サンクトペテルブルクにあるペトル・パウエル大聖堂《だいせいどう》に安置《あんち》されています。

1729年《ねん》5月《がつ》2日《にち》—1796年《ねん》11月《がつ》17日《にち》

ロシア

ILLUSTRATION BY
MARIJKE BUURLAGE
「わたくしは、
なぜ？ どうして？
と質問《しつもん》するのがだいすきなのです」
エカチェリーナ二世《にせい》

エビータ・ペロン

EVITA PERÓN

政治家《せいじか》

むかし、南《みなみ》アメリカのある国《くに》に、エバという名前《なまえ》のうつくしい女《おんな》の子《こ》がいました。エバは小《ちい》さなころから、いつか有名《ゆうめい》な映画《えいが》スターになって、まずしい生活《せいかつ》からぬけだすことを夢《ゆめ》みていました。

エバは十五歳《じゅうごさい》のわかさで、夢《ゆめ》をかなえるために、ブエノスアイレスという都会《とかい》にひっこしました。才能《さいのう》と、うつくしさと、かたい決意《けつい》をもったエバは、やがて人気女優《にんきじょゆう》になり、舞台《ぶたい》やラジオでかつやくするようになりました。

でもエバは、それで満足《まんぞく》しませんでした。自《じ》分《ぶん》よりもめぐまれない人《ひと》びとを助《たす》けたいと思《おも》ったのです。

ある夜《よる》、エバはパーティーでフアン・ペロン大佐《たいさ》という有力《ゆうりょく》な政治家《せいじか》と出会《であ》いました。ふたりは恋《こい》におちて、すぐに結婚《けっこん》しました。

一年後《いちねんご》にフアン・ペロンがアルゼンチンの大《だい》統領《とうりょう》になると、エバはすぐに国民《こくみん》の人気者《にんきもの》になり、親《した》しみをこめて、エビータとよばれるようになりました。

人《ひと》びとは、まずしい人《ひと》を助《たす》けるための活動《かつどう》にいっしょうけんめいに取《と》り組《く》むエビータのことをしたいました。エビータは女性《じょせい》の権利《けんり》を向上《こうじょう》させたいとねがい、女《おんな》の人《ひと》たちも選挙《せんきょ》で投票《とうひょう》できるように、女性参政権《じょせいさんせいけん》の実現《じつげん》に力《ちから》をつくしました。

エビータはとても有名《ゆうめい》になったので、副大統《ふくだいとう》領《りょう》にりっこうほして、夫《おっと》といっしょに国《くに》をおさめたらどうかという人《ひと》もいました。たしかにエビータはまずしい人《ひと》たちには人気《にんき》がありましたが、お金持《かねも》ちにはおそれられていました。エビータの人《ひと》をひきつける力《ちから》と、人《ひと》をうごかす力《ちから》がこわかったのでしょう。エビータはよくいっていました。「あの人《ひと》たちは、わかくて、成功《せいこう》した女《おんな》の人《ひと》をどうすればいいのか、わからないのよ」

エビータは自分《じぶん》がもうなおらない病気《びょうき》にかかっていることがわかると、副大統領《ふくだいとうりょう》にりっこうほするのをとりやめ、夫《おっと》がまた大統領《だいとうりょう》にえらばれるよう、おうえんしました。

選挙《せんきょ》からわずか数《すう》か月後《げつご》にエビータがなくなると、国営《こくえい》ラジオは、「わたしたちの心《こころ》のリーダーが、なくなりました」といって、その死《し》をかなしみました。

1919年《ねん》5月《がつ》7日《にち》—1952年《ねん》7月《がつ》26日《にち》

アルゼンチン

ILLUSTRATION BY
CRISTINA AMODEO

「えんりょしないで！ あなたがたには、
ようきゅうする権利《けんり》があるの！
もっと声《こえ》をあげて！」
エビータ・ペロン

エリザベス一《いつ》世《せい》

ELIZABETH I

女王《じょおう》

昔《むかし》

むかし、あるところに、自分《じぶん》のあとをむすこにつがせたいと思《おも》った王《おう》さまがいました。

その王《おう》さま、ヘンリー八世《はっせい》は、おきさきが女《おんな》の子《こ》を生《う》むと、とてもおこっておきさきとわかれ、生《う》まれたむすめをおいはらい、ほかの女《おんな》の人《ひと》と結婚《けっこん》してしまいました。自分《じぶん》が死《し》んだあとに国《くに》をおさめられるのは男《おとこ》だけだと思《おも》っていたので、新《あたら》しいおきさきに男《おとこ》の子《こ》が生《う》まれると、とてもよろこびました。生《う》まれた男《おとこ》の子《こ》は、エドワードと名《な》づけられました。

ヘンリー八世《はっせい》においはらわれたむすめは名前《なまえ》をエリザベスといって、頭《あたま》のいい、みりょくてきな女性《じょせい》に成長《せいちょう》しました。すてきな赤毛《あかげ》で、はげしい性格《せいかく》でした。

ヘンリー八世《はっせい》が死《し》んで、九歳《きゅうさい》のエドワードが次《つぎ》の王《おう》さまになりました。その数年後《すうねんご》、エドワードが病気《びょうき》で死《し》んでしまうと、エリザベスとはお母《かあ》さんのちがうお姉《ねえ》さんのメアリが女王《じょおう》になりました。メアリは、妹《いもうと》のエリザベスが自分《じぶん》にそむくのではないかとうたがって、ロンドンとうにとじこめてしまいました。

ようやくうたがいがはれて、エリザベスは自《じ》分《ぶん》のやしきにもどりました。ある日《ひ》、庭《にわ》のかしの木《き》の根元《ねもと》にすわって聖書《せいしょ》を読《よ》んでいると、使《し》者《しゃ》がやってきて、エリザベスの前《まえ》でひざまずきました。「メアリ女王《じょおう》がなくなりました」こうして、ついこのあいだまでロンドンとうのとらわれ人《びと》だったエリザベスが、イギリスの新《あたら》しい女王《じょおう》になったのです。

エリザベスの宮廷《きゅうてい》には、音楽家《おんがくか》、詩人《しじん》、画家《がか》、劇作家《げきさっか》が集《あつ》まりました。いちばん有名《ゆうめい》なのは、ウィリアム・シェイクスピアです。その劇《げき》はエリザベスのお気《き》に入《い》りでした。エリザベスはいつも、真珠《しんじゅ》やレースでかざりつけをした、ごうかなドレスを着《き》ていました。結婚《けっこん》はしませんでした。だれからも支配《しはい》もそくばくもされない自《じ》分《ぶん》の独立《どくりつ》を、国《くに》の独立《どくりつ》と同《おな》じくらい大事《だいじ》なことだと思《おも》っていたからです。

スペインの無敵艦隊《むてきかんたい》をやぶり、栄光《えいこう》の時代《じだい》をスタートさせたエリザベスのことを、国民《こくみん》は心《こころ》から愛《あい》していました。エリザベスがなくなると、ロンドンじゅうの人《ひと》たちが道《みち》をうめつくし、女《じょ》王《おう》の死《し》をかなしみました。

1533年《ねん》9月《がつ》7日《にち》—1603年《ねん》3月《がつ》24日《にち》

イギリス

ILLUSTRATION BY
ANA GALVAÑ

「やましいことのない、
まっすぐな心《こころ》があれば、
こわいものなどありません」
エリザベス一世《いっせい》

王《おう》貞《てい》儀《ぎ》

ZHENYI WANG

天文学者《てんもんがくしゃ》

昔《むかし》

むかし、中国《ちゅうごく》がまだ清《しん》という国《くに》だったころ、その清《しん》の国《くに》に、いろいろなことを勉強《べんきょう》したがる女《おんな》の子《こ》がいました。数学《すうがく》と、科学《かがく》と、地理《ちり》と、医学《いがく》がだいすきで、詩《し》もつくります。それだけではなく、馬《うま》にのったり、弓《ゆみ》を射《い》たりするのもとくいで、武術《ぶじゅつ》もできたといわれています。その女《おんな》の子《こ》は、王《おう》貞儀《ていぎ》という名前《なまえ》でした。

貞儀《ていぎ》は、いろいろなところに旅《たび》をして、たくさんのことに興味《きょうみ》をもちました。なかでも天文《てんもん》学《がく》がとくべつにすきで、太陽《たいよう》や、大《おお》きな星《ほし》や、小《ちい》さな星《ほし》や、月《つき》のことなら、いくら勉強《べんきょう》してもあきませんでした。

そのころは、月食《げっしょく》が起《お》こるのは、神《かみ》さまがとても腹《はら》を立《た》てているからだ、と信《しん》じられていました。まるいはずの満月《まんげつ》が、ながめているうちにみるみるかけていくなんて、不吉《ふきつ》だと思《おも》われていたのです。

けれども、貞儀《ていぎ》は、それはまちがっていると考《かんが》えました。そして、そのことを証明《しょうめい》するために、実験《じっけん》をすることにしたのです。

庭《にわ》のあずまやに、まるいテーブルをおいて、それを地球《ちきゅう》のかわりにしました。天井《てんじょう》からつるしたランプが太陽《たいよう》で、テーブルのそばにおいた、まるい鏡《かがみ》が月《つき》です。

それから、その三《みっ》つを、空《そら》で太陽《たいよう》と、地球《ちきゅう》と、月《つき》がうごくのと同《おな》じように、移動《いどう》させてみました。

すると、地球《ちきゅう》をまん中《なか》にして、その三《みっ》つが一直線《いっちょくせん》に並《なら》んだとき、月食《げっしょく》が起《お》きたのです。

「ほらね！　お月《つき》さまが地球《ちきゅう》のかげをとおるときには、かならず月食《げっしょく》が起《お》きるのよ」

貞儀《ていぎ》は、ふつうの人《ひと》たちでも数学《すうがく》や科学《かがく》をかんたんにまなべるようにすることが大切《たいせつ》だと考《かんが》えていました。そこで、むずかしいことばはひとつも使《つか》わずに、地球《ちきゅう》には地上《ちじょう》にものを引《ひ》きつける重力《じゅうりょく》という力《ちから》がはたらいていることを、だれもがわかるように、短《みじか》い文章《ぶんしょう》にまとめて発表《はっぴょう》しました。

おかげで、王貞儀《おうていぎ》の名前《なまえ》は、世《よ》の中《なか》に広《ひろ》く知《し》られるようになったといいます。

貞儀《ていぎ》ののこした詩《し》を読《よ》むと、女《おんな》の人《ひと》は男《おとこ》の人《ひと》と対等《たいとう》であるべきだ、と考《かんが》えていたことがわかります。

1768年《ねん》—1797年《ねん》

清《しん》（今《いま》の中国《ちゅうごく》）

ILLUSTRATION BY
ANA GALVAÑ

「女《おんな》の子《こ》だって、英雄《えいゆう》になれるのよ」

王貞儀《おうていぎ》

オノ・ヨーコ

YOKO ONO

芸術家《げいじゅつか》

むかし、東京《とうきょう》にヨーコという女《おんな》の子《こ》が住《す》んでいました。戦争《せんそう》がはじまり、東京《とうきょう》にたくさんの爆弾《ばくだん》がおとされるようになると、ヨーコは家族《かぞく》といっしょに東京《とうきょう》を逃《に》げだし、いなかでくらすようになりました。生活《せいかつ》はそれまでとはがらりと変《か》わってしまいます。服《ふく》も、ベッドも、おもちゃも、おやつもないのです。食《た》べるものも、ほかのおうちからわけてもらわなくてはなりません。東京《とうきょう》ではゆうふくなくらしをしていたのに、いきなりびんぼうになったので、ほかの子《こ》どもたちからからかわれたり、悪口《わるぐち》をいわれたりしました。

ヨーコは大人《おとな》になると、パフォーマンス・アートという分野《ぶんや》の芸術家《げいじゅつか》になりました。パフォーマンス・アートというのは、ただ作品《さくひん》を見《み》てもらうだけではなく、作品《さくひん》を見《み》ている人《ひと》たちにも参加《さんか》してもらうのです。たとえば、見《み》にきた人《ひと》にハサミをわたして、ヨーコが着《き》ている服《ふく》をきってもらったりするのです。

ある日《ひ》、ジョン・レノンというミュージシャンが、ヨーコの作品《さくひん》を見《み》にきます。ジョンはヨーコの作品《さくひん》にうつくしさをかんじて、大《だい》ファンになりました。それから手紙《てがみ》をなんつうもやりとりするうちに、ふたりは深《ふか》く愛《あい》しあうようになります。いっしょに音楽《おんがく》をつくってレコードを出《だ》したり、写真《しゃしん》を展示《てんじ》したり、ときには映画《えいが》をつくったりもしました。

そのころ、アメリカはベトナムと戦争《せんそう》をしていました。戦争《せんそう》がどんなにおそろしいものか、ヨーコはよく知《し》っています。だから、平和運動《へいわうんどう》に参加《さんか》したいと考《かんが》えたのです。戦争《せんそう》に反対《はんたい》する人《ひと》たちは、こうぎのためにすわりこみをしていました。英語《えいご》では、すわりこみのことを〝シット・イン〟といいますが、ヨーコはただの〝シット・イン〟ではないことをやろうと考《かんが》えて、〝ベッド・イン〟というパフォーマンスをすることにしました。テレビカメラやジャーナリストにかこまれたまま、ジョンとふたりで一週間《いっしゅうかん》、ベッドの中《なか》にいつづけることで平和《へいわ》のたいせつさを、うったえたのです。

戦争《せんそう》に反対《はんたい》するため、ふたりは〈平和《へいわ》をわれらに〉という曲《きょく》もつくりました。だれにでもすぐに歌《うた》えて、歌詞《かし》には力《ちから》づよいメッセージがこもっています。

1933年《ねん》2月《がつ》18日《にち》—

日本《にほん》

ILLUSTRATION BY
MICHELLE CHRISTENSEN

「平和《へいわ》について、考《かんが》えてください。
ただ、それだけでいいのです、あなたの
そのメッセージは、あなたが思《おも》っているよりも
ずっと速《はや》く、広《ひろ》まっていくことでしょう」
オノ・ヨーコ

クラウディア・ルッジェリーニ

CLAUDIA RUGGERINI

パルチザン

あるところに、自分《じぶん》の名前《なまえ》を変《か》えた女《おんな》の子《こ》がいました。「ねぇ、マリーサ！」友《とも》だちにはそんなふうによばれていました。本当《ほんとう》の名前《なまえ》がクラウディアだということは、だれにも知《し》られないようにしていました。とてもきけんだったからです。

そのころ、クラウディアが住《す》んでいたイタリアは、ベニート・ムッソリーニという、人《ひと》びとを苦《くる》しめる独裁者《どくさいしゃ》に支配《しはい》されていました。人《ひと》びとの自由《じゆう》がせいげんされて、読《よ》んではいけない本《ほん》や、見《み》てはいけない映画《えいが》がありました。自分《じぶん》の意見《いけん》をいうことも、選挙《せんきょ》に投票《とうひょう》することもできません。

自由《じゆう》の大切《たいせつ》さを信《しん》じていたクラウディアは、ムッソリーニと全力《ぜんりょく》でたたかう決意《けつい》をしました。独裁者《どくさいしゃ》をたおすために、パルチザンにくわわりました。パルチザンというのは、抵抗活動《ていこうかつどう》をする市民《しみん》たちの地下《ちか》そしきです。

クラウディアのグループは、わかい大学生《だいがくせい》の集《あつ》まりでした。じゅぎょうのあとでひそかに集《あつ》まって、自分《じぶん》たちの新聞《しんぶん》をつくりました。でも、ムッソリーニの手下《てした》の警察《けいさつ》がそこらじゅうにいる中《なか》で、そんな新聞《しんぶん》を人《ひと》びとにくばり、自分《じぶん》たちの考《かんが》えを広《ひろ》めるのは、とてもきけんなことでした。

クラウディアはすばらしくゆうかんでした。自転車《じてんしゃ》にのって新聞《しんぶん》をくばり、ある場所《ばしょ》から別《べつ》の場所《ばしょ》にひみつの伝言《でんごん》をとどけるのを、二年間《にねんかん》もつづけました。

ある日《ひ》ついに、ムッソリーニの政権《せいけん》がたおれました。国営《こくえい》ラジオが、イタリアは独裁《どくさい》から自由《じゆう》になったと放送《ほうそう》すると、人《ひと》びとはいっせいに通《とお》りに出《で》て、おいわいしました。

クラウディアの仲間《なかま》のパルチザンのグループには、まだひとつ、最後《さいご》の仕事《しごと》がのこっていました。二十年間《にじゅうねんかん》もつづいた検閲制度《けんえつせいど》から新聞《しんぶん》をかいほうすることです。独裁者《どくさいしゃ》は、検閲《けんえつ》によって新聞《しんぶん》が自分《じぶん》に都合《つごう》の悪《わる》いことを書《か》かないように、ずっとみはっていたのです。イタリアでいちばんよく読《よ》まれている『コリエーレ・デラ・セーラ』も、そのひとつでした。これで、新聞《しんぶん》は本当《ほんとう》のことを書《か》けるようになり、クラウディアも友《とも》だちに、マリーサではなく本当《ほんとう》の名前《なまえ》でよんでもらえるようになりました。

1922年《ねん》2月《がつ》—2016年《ねん》7月《がつ》4日《にち》

イタリア

ILLUSTRATION BY
CRISTINA PORTOLANO

「こわいと思《おも》う気持《きも》ちよりもつよかったのは、
自由《じゆう》のためにたたかいたい、という気持《きも》ちでした」
クラウディア・ルッジェリーニ

グラニー・ナニー

NANNY OF THE MAROONS

〈マルーン〉のリーダー／ジャマイカの英雄《えいゆう》

昔《むかし》

むかし、ジャマイカという島《しま》に、アフリカの王家《おうけ》の血《ち》をひく、グラニー・ナニーというどれいが住《す》んでいました。

そのころのジャマイカは、イギリスに支配《しはい》されていました。イギリス人《じん》は、アフリカの人《ひと》たちをジャマイカにつれてきて、どれいにして、サトウキビ農場《のうじょう》ではたらかせていたのです。グラニー・ナニーは、それはおかしいと思《おも》っていました。自分《じぶん》も自由《じゆう》になりたいし、ほかの人《ひと》たちも自由《じゆう》になってほしかったのです。そこで、ある日《ひ》、農場《のうじょう》から逃《に》げだします。ほかの人《ひと》たちが逃《に》げるのもてつだいました。逃《に》げだしたどれいを〈マルーン〉といいます。〈マルーン〉の人《ひと》たちは、グラニー・ナニーに助《たす》けられて、山《やま》の奥深《おくふか》くに、ナニー・タウンという村《むら》をつくりました。

ナニー・タウンに行《い》くには、ジャングルの中《なか》の細《ほそ》い小道《こみち》をたどっていかなくてはなりません。イギリス軍《ぐん》とたたかうため、グラニー・ナニーは〈マルーン〉の人《ひと》たちに、木《き》のえだや葉《は》っぱで体《からだ》をおおって、周囲《しゅうい》と見《み》わけがつかなくすることをおしえました。ジャングルの細道《ほそみち》を一列《いちれつ》になって進《すす》んでくるイギリス軍《ぐん》の兵士《へいし》たちは、〈マルーン〉の人《ひと》たちにまわりを囲《かこ》まれていることに気《き》づきません。ところが、合図《あいず》とどうじに、それまで〝木《き》〟だと思《おも》っていたものが、とつぜんうごきだしておそってくるのです。

けれども、ナニー・タウンには大《おお》きな問題《もんだい》がありました。みんないつも、おなかをすかせていたのです。ある夜《よる》のこと、あまりにもおなかがへって力《ちから》がなくなっていたグラニー・ナニーは、みんなのことを心配《しんぱい》しながらねむりにつきました。すると、夢《ゆめ》の中《なか》に先祖《せんぞ》であるアフリカの王家《おうけ》の人《ひと》たちが出《で》てきてこういったのです。

「くじけてはいけない。食《た》べものはもうすぐ手《て》に入《はい》る」

目《め》が覚《さ》めたとき、グラニー・ナニーはポケットにカボチャの種《たね》があることに気《き》づきました。その種《たね》をちかくのおかに植《う》えたところ、しばらくしてたくさんのカボチャがとれました。ナニー・タウンの人《ひと》たちは、食《た》べるものにこまらなくなったのです。それ以来《いらい》、そのおかは、〝カボチャのおか〟とよばれるようになりました。

1686年《ねん》ごろ—1733年《ねん》

ジャマイカ

ILLUSTRATION BY
CAMILLA PERKINS

「今《いま》、わたしは自由《じゆう》だ」
グラニー・ナニー

グレース・オマリー

GRACE O'MALLEY

海賊《かいぞく》

昔《むかし》むかし、自然《しぜん》ゆたかな緑《みどり》の島《しま》に、赤《あか》毛《げ》をながくのばした女《おんな》の子《こ》がいました。その子《こ》は名前《なまえ》をグレースといいました。

風《かぜ》がうなり、波《なみ》が岩《いわ》にあたってくだけるような天気《てんき》の日《ひ》、グレースはいつもがけの上《うえ》に立《た》って、あらしの海《うみ》に船出《ふなで》することを夢《ゆめ》みていました。

「女《おんな》の子《こ》は船《ふな》のりにはなれないんだよ」お父《とう》さんはグレースにいいきかせました。「それに、おまえの長《なが》いかみの毛《け》は船《ふね》にはられているロープにからまってしまうだろう」

グレースは、まったくおもしろくありません。そこでかみを短《みじか》くきり、男《おとこ》の子《こ》の服《ふく》を着《き》て、自《じ》分《ぶん》だって船《ふな》のりになれると、家族《かぞく》にわからせようとしました。

ある日《ひ》、とうとうお父《とう》さんが船《ふね》にのせてくれることになりました。ただし、それにはひとつじょうけんがあります。「もし海賊船《かいぞくせん》に出《で》くわしたら、かんぱんの下《した》にかくれること。いいね」お父《とう》さんはいいました。それなのに、ある日《ひ》船《ふね》がじっさいに海賊《かいぞく》におそわれたとき、グレースは帆柱《ほばしら》から海賊《かいぞく》のせなかにとびおりたのです！　とはいえ、相手《あいて》のすきをついたグレースのはんげきのおかげで、海賊《かいぞく》をおいはらうことができました。

グレースはすぐれた船《ふな》のりになりました。船《ふね》にのっているのはたのしいけれど、もっとわくわくすることをさがしていました。

やがてグレースは、ある城《しろ》のあるじと結婚《けっこん》しました。住《す》む城《しろ》がイギリス軍《ぐん》にせめこまれたとき、グレースはイギリスにこうふくするより、海賊《かいぞく》になることをえらびました。グレースはおおいにかつやくし、自分《じぶん》の船隊《せんたい》をひきいて、アイルランドの西《にし》にある島《しま》や城《しろ》をいくつも手《て》に入《い》れました。

息子《むすこ》たちがイギリスにつかまったとき、グレースは息子《むすこ》たちの命《いのち》を助《たす》けるため、海《うみ》をわたって、イギリスの女王《じょおう》、エリザベス一世《いっせい》に会《あ》いにいきました。おどろいたことに、女王《じょおう》とグレースは友《とも》だちになりました。女王《じょおう》はむすこたちともち物《もの》をかえしてくれました。グレースもおかえしに、イギリスがスペインとたたかうのに、力《ちから》をかしました。

1530年《ねん》ごろ—1603年《ねん》

アイルランド

「わたしが海《うみ》の女王《じよおう》よ」

グレース・オマリー

グレース・ホッパー

GRACE HOPPER

コンピュータ・サイエンティスト

むかし、グレースという名前《なまえ》の女《おんな》の子《こ》がいました。

目覚《めざ》まし時計《どけい》がどんなふうにうごいているのか、どうしても知《し》りたくてたまりません。時計《とけい》を見《み》つけては、かたっぱしからぶんかいしていきました。ひとつ目《め》をぶんかいし、二《ふた》つ目《め》もぶんかいし、三《みっ》つ目《め》も……。七《なな》つ目《め》の時計《とけい》をぶんかいしようとしたとき、グレースのお母《かあ》さんは、家《いえ》にはそれしか時計《とけい》がのこっていないことに気《き》がつきました。ぶんかいは、もうおしまい！

それからも、おもしろそうなものを見《み》ると、なんでもいじってみました。大人《おとな》になったグレースは、大学《だいがく》で数学《すうがく》と物理学《ぶつりがく》をおしえる先生《せんせい》になりました。その後《ご》、第二次世界大戦《だいにじせかいたいせん》がはじまると、グレースは海軍《かいぐん》に入《はい》りました。ひいおじいさんが海軍《かいぐん》の大将《たいしょう》だったからです。

グレースは、ある特別《とくべつ》なにんむにつくことになりました。「マークに会《あ》いにくるように」といわれて部屋《へや》に入《はい》っていくと、そこにいたのは人間《にんげん》ではありませんでした。グレースがしょうかいされたマークは、まだできたてのコンピュータだったのです！

それは「マーク・ワン」とよばれる、部屋《へや》をせんりょうするほど巨大《きょだい》なコンピュータでした。はじめてつくられたものだったので、まだだれもその使《つか》い方《かた》がわかりません。グレースはさっそく研究《けんきゅう》にとりかかりました。たいへんむずかしい仕事《しごと》でしたが、グレースが「マーク・ワン」とそれにつづくコンピュータ用《よう》に書《か》いたプログラムのおかげで、戦争中《せんそうちゅう》、アメリカ軍《ぐん》は、敵《てき》の通信《つうしん》の暗号《あんごう》をかいどくすることができたのです。

年《とし》をとってから、なんども海軍《かいぐん》をやめようとしましたが、そのたびに、なみはずれた専門技《せんもんぎ》術《じゅつ》をもとめられてよびもどされました。ついにグレースは、ひいおじいさんのように海軍《かいぐん》で出《しゅっ》世《せ》して、准将《じゅんしょう》になりました。

グレースは一生《いっしょう》変《か》わることなく、夜《よる》は早《はや》くねて、朝《あさ》は五時《ごじ》に早起《はやお》きしました。コンピュータのプログラムを書《か》くためです。グレースはずっと好奇心《こうきしん》をもちつづけ、すばらしいはたらきによって、コンピュータにどんなことができるのかを世界《せかい》にしめしてくれました。

1906年《ねん》12月《がつ》9日《にち》—1992年《ねん》1月《がつ》1日《にち》

アメリカ

ILLUSTRATION BY
KIKI LJUNG

「いい考《かんが》えなら、まよわず実行《じっこう》にうつしなさい」

グレース・ホッパー

クレオパトラ

CLEOPATRA

ファラオ（古代《こだい》エジプト王《おう》）

昔《むかし》

むかし、古代《こだい》エジプトで、ある王《おう》さまがなくなりました。王《おう》さまは自分《じぶん》の国《くに》を、十歳《じゅっさい》のむすこ、プトレマイオス十三世《じゅうさんせい》と、十八歳《じゅうはっさい》のむすめ、クレオパトラにのこしました。クレオパトラはさいのうと美《うつく》しさをかねそなえ、数《すう》か国語《こくご》を話《はな》しました。

共同《きょうどう》で国《くに》をおさめることになったふたりは、国《くに》のおさめ方《かた》についてまったくちがう考《かんが》えをもっていました。そのため、クレオパトラは宮殿《きゅうでん》からおいだされ、きょうだいがあらそう内戦《ないせん》がはじまりました。

ローマの政治家《せいじか》だったユリウス・カエサルは、プトレマイオス十三世《じゅうさんせい》とクレオパトラを仲直《なかなお》りさせようと、エジプトにやってきました。そのころのエジプトは政治《せいじ》が不安定《ふあんてい》で、ローマの力《ちから》をかりることが多《おお》かったのです。クレオパトラは考《かんが》えました。「弟《おとうと》より先《さき》にカエサルに会《あ》えたら、わたしのほうがよい王《おう》だとわかってもらえるはず」でも、クレオパトラは宮殿《きゅうでん》からおいだされた身《み》なので、門番《もんばん》がすんなり中《なか》へ入《い》れてくれるとは思《おも》えません。

そこでクレオパトラは、一計《いっけい》を案《あん》じました。自分《じぶん》の体《からだ》にじゅうたんをまきつけ、こっそりカエサルの部屋《へや》へとどけさせたのです。その機転《きてん》と勇気《ゆうき》にかんしんしたカエサルは、クレオパトラをエジプトの女王《じょおう》にもどしました。ふたりは恋人《こいびと》になり、男《おとこ》の子《こ》が生《う》まれました。クレオパトラはしばらくローマでくらしていましたが、カエサルがころされてしまうと、エジプトに帰《かえ》りました。

ローマの新《あたら》しいリーダーになったマルクス・アントニウスは、エジプトのつよい女王《じょおう》のうわさをたくさん聞《き》いていたので、一度《いちど》会《あ》ってみたいと思《おも》って、クレオパトラをよびだしました。このとき、クレオパトラは金色《きんいろ》の舟《ふね》にのり、宝石《ほうせき》と絹布《けんぷ》に身《み》をつつんでやってきました。

ふたりはひとめで恋《こい》におちました。

クレオパトラとアントニウスは、いつもいっしょにいました。三人《さんにん》の子《こ》どもをもうけ、最後《さいご》まで愛《あい》しあっていました。

クレオパトラがなくなると、エジプトのプトレマイオス王朝《おうちょう》もおわりました。クレオパトラは古代《こだい》エジプトをおさめた最後《さいご》の女王《じょおう》となったのです。

紀元前《きげんぜん》69年《ねん》—紀元前《きげんぜん》30年《ねん》8月《がつ》12日《にち》

エジプト

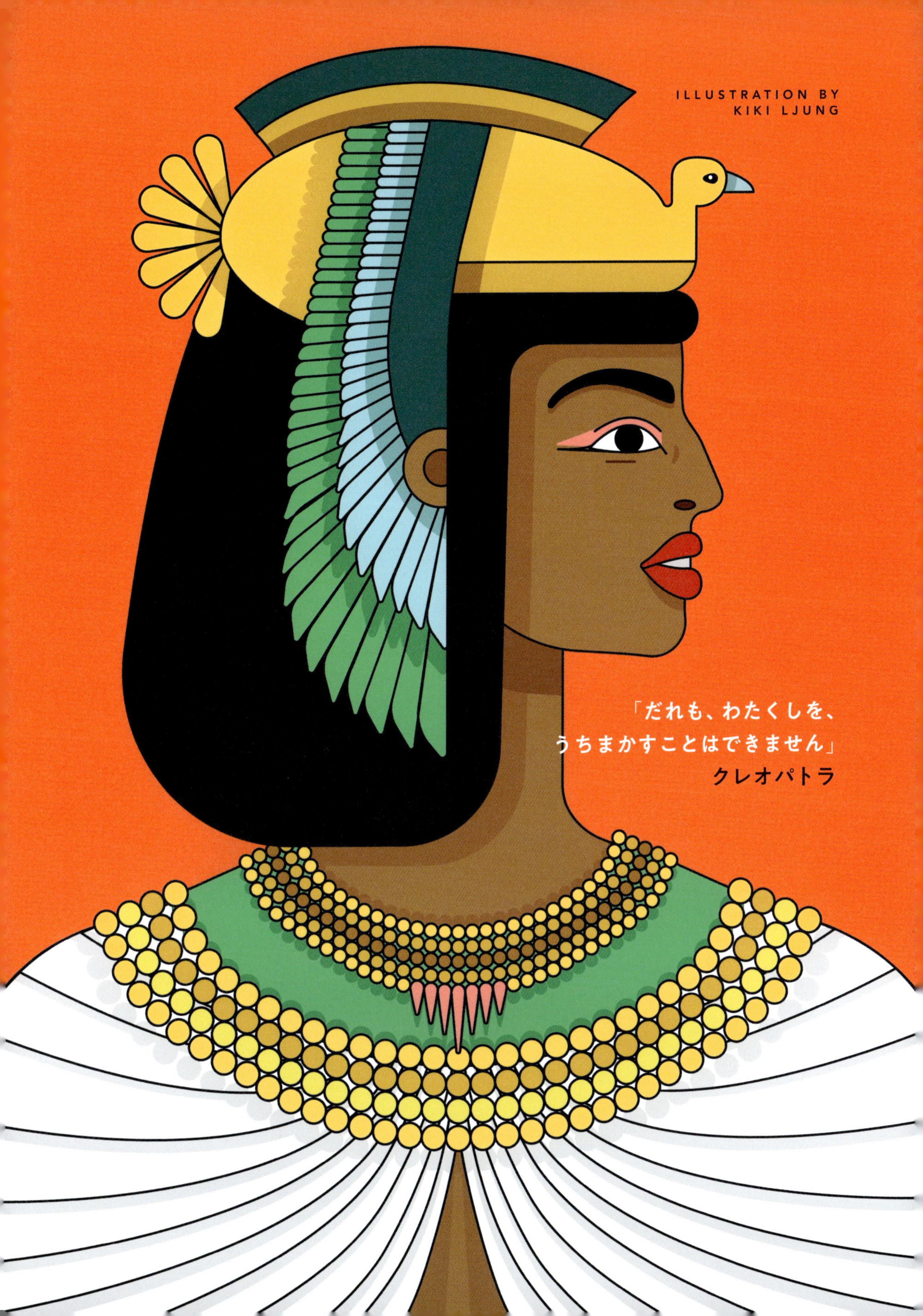
ILLUSTRATION BY
KIKI LJUNG
「だれも、わたくしを、
うちまかすことはできません」
クレオパトラ

ケイト・シェパード

KATE SHEPPARD

婦人参政権《ふじんさんせいけん》の活動家《かつどうか》

その昔《むかし》、女《おんな》の人《ひと》は男《おとこ》の人《ひと》につくすものだと考《かんが》えられていた時代《じだい》がありました。料理《りょうり》をつくってそうじをして、子《こ》どもの世話《せわ》さえしていれば、あとはなんの心《しん》配《ぱい》もしなくていいのだから、女《おんな》は〝女《おんな》らしいかっこう〟をするべきだ、といわれていました。それで女《おんな》の人《ひと》は、ウエストを細《ほそ》く見《み》せるためにひもできつくしめるコルセットという下着《したぎ》を身《み》につけ、すその長《なが》いドレスを着《き》ていました。そんなかっこうでは、うごくことはもちろん、息《いき》をすることさえたいへんなのに。

女《おんな》の人《ひと》が仕事《しごと》をすることも、スポーツをすることも、かんげいされませんでした。政治家《せいじか》になるなんて、とんでもないことです。それどころか、選挙《せんきょ》で投票《とうひょう》することさえゆるされていなかったのです。

けれども、ケイトは、女《おんな》の人《ひと》にも男《おとこ》の人《ひと》と同《おな》じように自由《じゆう》があっていいはずだ、と考《かんが》えました。自分《じぶん》の意見《いけん》をいうことができて、自分《じぶん》がえらんだ人《ひと》に投票《とうひょう》できて、きごこちのいい服《ふく》を着《き》る自由《じゆう》です。

ある日《ひ》のこと、ケイトは立《た》ちあがります。みんなの前《まえ》で、はっきりといったのです。「女《おんな》の人《ひと》にも選挙権《せんきょけん》がみとめられるべきです。それに、こんなきゅうくつなコルセットをつけるのは、もうやめましょう」それまでだれも考《かんが》えてもみなかったような、新《あたら》しい意見《いけん》でした。

同《おな》じように考《かんが》える仲間《なかま》たちといっしょに、ケイトは女《おんな》の人《ひと》の選挙権《せんきょけん》をみとめてもらうための嘆願書《たんがんしょ》をつくり、賛成《さんせい》する人《ひと》には名前《なまえ》を書《か》いてもらいました。たくさんのしょめいが集《あつ》まり、ケイトたちがその紙《かみ》をはりあわせると、長《なが》いまきもののようにくるくるまるめておかなくてはならなかった、といいます。ケイトと仲間《なかま》たちはその嘆願書《たんがんしょ》を議会《ぎかい》にもっていって、床《ゆか》に広《ひろ》げました。嘆願書《たんがんしょ》は、なんと、アイスクリームを売《う》りにくるトラックが、七十四台《ななじゅうよんだい》ずらりとならんだよりも、もっと長《なが》かったんですって。そんな長《なが》い嘆願書《たんがんしょ》は見《み》たことがなかったので、国会《こっかい》議員《ぎいん》たちは声《こえ》も出《だ》せないぐらいびっくりしたそうです。

そんなケイトたちの運動《うんどう》のおかげで、ニュージーランドは世界《せかい》で最初《さいしょ》に、女《おんな》の人《ひと》の選挙権《せんきょけん》をみとめた国《くに》になりました。

1847年《ねん》3月《がつ》10日《にち》—1934年《ねん》7月《がつ》13日《にち》

ニュージーランド

ILLUSTRATION BY MALIN ROSENQVIST

「わたしの一票《いっぴょう》なんて、
たいしたことない、なんて思《おも》わないで。
からからにかわいた地面《じめん》をうるおす雨《あめ》も、
一滴《いってき》の水《みず》が集《あつ》まってできているのだから」

ケイト・シェパード

コイ・マシス

COY MATHIS

小学生《しょうがくせい》

あるとき、あるところに男《おとこ》の子《こ》が生《う》まれて、コイと名《な》づけられました。コイはドレスと、ピンク色《いろ》と、きらきらしたくつがだいすきでした。

コイはお父《とう》さんとお母《かあ》さんに、女《おんな》の子《こ》として見《み》てほしがり、男《おとこ》の子《こ》の服《ふく》を着《き》るのをいやがりました。お父《とう》さんとお母《かあ》さんは、コイにすきな服《ふく》を着《き》させてくれました。

ある日《ひ》の夜《よる》、コイはお母《かあ》さんにききました。

「ねえねえ、お医者《いしゃ》さんのところへ行《い》ったら、わたしもぜーんぶ女《おんな》の子《こ》にしてもらえるんでしょ？」

お医者《いしゃ》さんはいいました。「たいていの男《おとこ》の子《こ》は自分《じぶん》が男《おとこ》の子《こ》であることをなんとも思《おも》わないし、女《おんな》の子《こ》もそうです。でも中《なか》には、自分《じぶん》は女《おんな》の子《こ》だと思《おも》う男《おとこ》の子《こ》もいるし、自分《じぶん》は男《おとこ》の子《こ》だと思《おも》う女《おんな》の子《こ》もいます。『トランスジェンダー』とよばれる人《ひと》たちです。コイはトランスジェンダーの女《おんな》の子《こ》です。男《おとこ》の子《こ》の体《からだ》で生《う》まれましたが、心《こころ》のおくぶかいところで自分《じぶん》は女《おんな》の子《こ》だとかんじていて、女《おんな》の子《こ》だとみとめてもらいたがっています」

そのときから、コイのお父《とう》さんとお母《かあ》さんは、まわりのみんなにコイを女《おんな》の子《こ》としてあつかってほしいとおねがいしました。

ところが、小学校《しょうがっこう》に入《はい》ってから、思《おも》いがけない問題《もんだい》がもちあがりました。学校《がっこう》の先生《せんせい》に、「コイは男《おとこ》の子《こ》のトイレか、体《からだ》が不自由《ふじゆう》な子《こ》のためのトイレを使《つか》いなさい」といわれてしまったのです。

「男《おとこ》の子《こ》じゃないのに！」コイはかなしみました。「体《からだ》が不自由《ふじゆう》でもない！　わたしは女《おんな》の子《こ》なだけ」

コイのお父《とう》さんとお母《かあ》さんは、この問題《もんだい》についてくじょうをもうしたてました。

差別《さべつ》の問題《もんだい》についてあつかう州《しゅう》の人《ひと》たちは、よく考《かんが》えて判断《はんだん》しました。「コイは自分《じぶん》が使《つか》いたいトイレを使《つか》ってもいいと、みとめられるべきです」

コイの家族《かぞく》は、たくさんのお客《きゃく》さんをしょうたいして、おいわいのパーティーをひらきました。みんなでピンク色《いろ》のケーキを食《た》べ、コイはラメ入《い》りのピンク色《いろ》のドレスを着《き》て、すてきなピンク色《いろ》のくつをはいたんですって。

2007年《ねん》ごろ—

アメリカ

ILLUSTRATION BY
MARTA LORENZON

「学校《がっこう》に行《い》きたい。
休《やす》み時間《じかん》にみんなでゲームをするの」

コイ・マシス

ココ・シャネル
COCO CHANEL

ファッションデザイナー

昔《むかし》 むかし、フランスのまん中《なか》へんの修《しゅう》道院《どういん》に、ある女《おんな》の子《こ》がくらしていました。その子《こ》の名前《なまえ》はガブリエル・シャネルといいました。

修道院《しゅうどういん》はキリスト教《きょう》を信《しん》じる人《ひと》たちが集《あつ》まってくらすところです。修道院《しゅうどういん》で神《かみ》さまにつかえる修道女《しゅうどうじょ》たちは、みんな黒《くろ》と白《しろ》の服《ふく》を着《き》ていました。

修道院《しゅうどういん》でくらしている女《おんな》の子《こ》たちは、おさいほうをならいました。でも、色《いろ》とりどりの布《ぬの》なんてありません。女《おんな》の子《こ》たちは修道女《しゅうどうじょ》の服《ふく》と同《おな》じ布《ぬの》を使《つか》ったので、お人形《にんぎょう》たちも黒《くろ》と白《しろ》の服《ふく》を着《き》ていました。

大人《おとな》になったガブリエルは、昼間《ひるま》はお針子《はりこ》、夜《よる》はバーの歌手《かしゅ》としてはたらきました。バーのお客《きゃく》さんの兵士《へいし》たちは、ガブリエルにココというあだ名《な》をつけました。ガブリエルはそれからずっと、ココという名前《なまえ》でよばれるようになりました。

ココには、パリに自分《じぶん》のファッションのお店《みせ》をもちたいという夢《ゆめ》がありました。ある日《ひ》、お金《かね》もちの友《とも》だちがお金《かね》をかしてくれて、その夢《ゆめ》が実現《じつげん》しました。

ココの着《き》ている服《ふく》は、かざりがなくても、とてもすてきでした。「ねぇ、その服《ふく》はどこで買《か》ったの？」パリのおしゃれな女《おんな》の人《ひと》たちは、知《し》りたがりました。「自分《じぶん》でつくったんです」と、ココはこたえました。「わたしのお店《みせ》にいらしてくださったら、あなたの服《ふく》も仕立《した》ててさしあげます」

お客《きゃく》さんがどんどんふえて、お店《みせ》ははんじょうし、ココは友《とも》だちにかりたお金《かね》を全部《ぜんぶ》かえしました。

ココのもっとも成功《せいこう》したデザインは、最高《さいこう》けっさくの〈リトル・ブラックドレス〉です。ココは、それまでずっとお葬式《そうしき》の色《いろ》だと思《おも》われていた黒《くろ》を、おしゃれなお出《で》かけにぴったりの色《いろ》に変《か》えたのです。

今《いま》、わたしたちが着《き》ている服《ふく》の中《なか》には、ココ・シャネルが考《かんが》えた形《かたち》をうけついでいるものがたくさんあります。

修道女《しゅうどうじょ》のスカートののこり布《ぬの》からお人形《にんぎょう》の服《ふく》をつくっていた女《おんな》の子《こ》が、すばらしいデザイナーになったのです。

1883年《ねん》 8月《がつ》19日《にち》—1971年《ねん》1月《がつ》10日《にち》

フランス

ILLUSTRATION BY
KAROLIN SCHNOOR
「ぜいたくの反対《はんたい》は
まずしさだという人《ひと》もいるわ。
でもそうじゃない。
ぜいたくの反対《はんたい》は下品《げひん》よ」
ココ・シャネル

コラ・コラリーナ

CORA CORALINA

詩人《しじん》、ケーキ職人《しょくにん》

昔《むかし》むかし、橋《はし》のすぐそばにたっている家《いえ》に、コラという名前《なまえ》の女《おんな》の子《こ》が住《す》んでいました。その家《いえ》は、二百年以上《にひゃくねんいじょう》前《まえ》にたてられた古《ふる》い家《いえ》で、十六《じゅうろく》の部屋《へや》と、広《ひろ》い庭《にわ》と、ふんすいがありました。

コラは十四歳《じゅうよんさい》のころに詩《し》や短《みじか》いお話《はなし》を書《か》きはじめ、その作品《さくひん》は地元《じもと》の新聞《しんぶん》や雑誌《ざつし》にのって注目《ちゅうもく》されました。有名《ゆうめい》なひょうろん家《か》に、「わが州《しゅう》でもっともすぐれた作家《さっか》だ。まだ二十歳《はたち》にもなっていないのに」と、ほめられたこともあります。

コラには、自分《じぶん》は詩人《しじん》だということがわかっていました。でも、コラの家族《かぞく》はそう思《おも》いませんでした。お父《とう》さんとお母《かあ》さんは、コラが本《ほん》を読《よ》むのも気《き》に入《い》らなかったし、コラを高校《こうこう》にかよわせるつもりもありませんでした。ふたりとも、女《おんな》の子《こ》はよい夫《おっと》を見《み》つけて、子《こ》どもをうみそだてるべきだと考《かんが》えていたからです。

コラは大人《おとな》になると、ある男性《だんせい》と恋《こい》におちて、その人《ひと》と結婚《けっこん》しました。コラと夫《おっと》は大《おお》きな町《まち》にひっこして、子《こ》どもを四人《よにん》さずかりました。子《こ》どもたちが学校《がっこう》にかよえるように、コラはいろいろな仕事《しごと》をして、はたらきました。

とてもいそがしいくらしでしたが、自分《じぶん》は詩人《しじん》だということをわすれた日《ひ》はありませんでした。コラは毎日《まいにち》かかさず、詩《し》を書《か》きつづけました。

六十歳《ろくじゅっさい》のとき、橋《はし》のそばにたつ、生《う》まれそだった実家《じっか》にもどりました。これからは詩人《しじん》として生《い》きていこう、とコラは思《おも》いました。でもまだお金《かね》がひつようだったので、ケーキをやいて、自分《じぶん》の詩《し》といっしょに、家《いえ》の玄関《げんかん》の前《まえ》で売《う》ることにしました。

ほかの詩人《しじん》や作家《さっか》が、コラの詩《し》のすばらしさに気《き》がつきはじめました。コラの詩《し》には、シンプルで平和《へいわ》ないなかのくらしがよくうたわれています。コラはさまざまな賞《しょう》にかがやき、七十五歳《ななじゅうごさい》ではじめての本《ほん》をしゅっぱんしました。

ブラジルじゅうから、コラの話《はなし》を聞《き》くために、たくさんの記者《きしゃ》がやってきました。コラはケーキをやきながら、記者《きしゃ》のインタビューをうけました。記者《きしゃ》が帰《かえ》ると、つくえにむかって、また詩《し》を書《か》きはじめました。パイやクッキーやケーキの、おいしそうなにおいにつつまれて。

1889年《ねん》8月《がつ》20日《にち》—1985年《ねん》4月《がつ》10日《にち》

ブラジル

ILLUSTRATION BY
ELENIA BERETTA

「わたしは人生《じんせい》という山《やま》をのぼってきた女《おんな》よ。石《いし》をどかし、花《はな》をうえながらね」

コラ・コラリーナ

ザハ・ハディド

ZAHA HADID

建築家《けんちくか》

ザハは、十歳《じゅっさい》になったときに、しょうらいは建築家《けんちくか》になろう、と決《き》めました。ザハはいったん決《き》めたことは、かならずやりぬく、意志《いし》のつよい子《こ》だったので、大人《おとな》になると、本当《ほんとう》に建築家《けんちくか》になりました。それも、現代《げんだい》をだいひょうする、最高《さいこう》の建築家《けんちくか》です。

ふつうのビルは、どこもかしこもまっすぐですが、ザハのせっけいする建物《たてもの》は、うねうね、くねくね、まがった線《せん》が使《つか》われているのです。なんてだいたんな発想《はっそう》でしょう！　そんなこせいてきな建物《たてもの》をたくさんせっけいしたことから、ザハは〝曲線《きょくせん》の女王《じょおう》〟とよばれるようになりました。

ある日《ひ》、飛行機《ひこうき》にのったときのことでした。パイロットから、離陸《りりく》がすこしおくれる、というアナウンスがありました。ザハはそれがゆるせません。かんかんに腹《はら》をたて、「今《いま》すぐべつの飛行機《ひこうき》にのせてほしい」といいはります。

「それはむりです」と客室乗務員《きゃくしつじょうむいん》がいいました。荷物《にもつ》をもう飛行機《ひこうき》につんでしまっていたからです。それでもザハは自分《じぶん》の要求《ようきゅう》をおしとおしました。いつでもそうなのです。どんなことでも、思《おも》ったとおりにしてしまうのです。

ザハは、みんなができないと思《おも》ってあきらめてしまうことに、ちょうせんするのがだいすきでした。そうやって、ほかの人《ひと》が思《おも》いつきもしないような、建物《たてもの》を設計《せっけい》したのです。

設計《せっけい》した建物《たてもの》も、さまざまです。消防署《しょうぼうしょ》もあれば、博物館《はくぶつかん》もあるし、別荘《べっそう》もあります。文化《ぶんか》センターや、オリンピックの水泳会場《すいえいかいじょう》も設計《せっけい》しました。

ザハは、いつも自分《じぶん》の道《みち》を進《すす》みます。ほかの人《ひと》とちがうことを、おそれたりしません。ザハのせんぱいの建築家《けんちくか》は、「ザハは、独自《どくじ》の軌道《きどう》でまわっている惑星《わくせい》だよ」といっています。

ザハには、いつも目標《もくひょう》があります。それが実《じつ》現《げん》するまで、ひたすらがんばりつづけて、とちゅうで休《やす》んだり、なまけたりしないのです。

人生《じんせい》で大《おお》きなことをなしとげるには、そのぐらいがんばることが大切《たいせつ》なのかもしれません。

ザハはこうして、女《おんな》の人《ひと》ではじめて、イギリスの王立建築家協会《おうりつけんちくかきょうかい》のゴールドメダルを受賞《じゅしょう》したのでした。

1950年《ねん》10月《がつ》31日《にち》—2016年《ねん》3月《がつ》31日《にち》

イラク

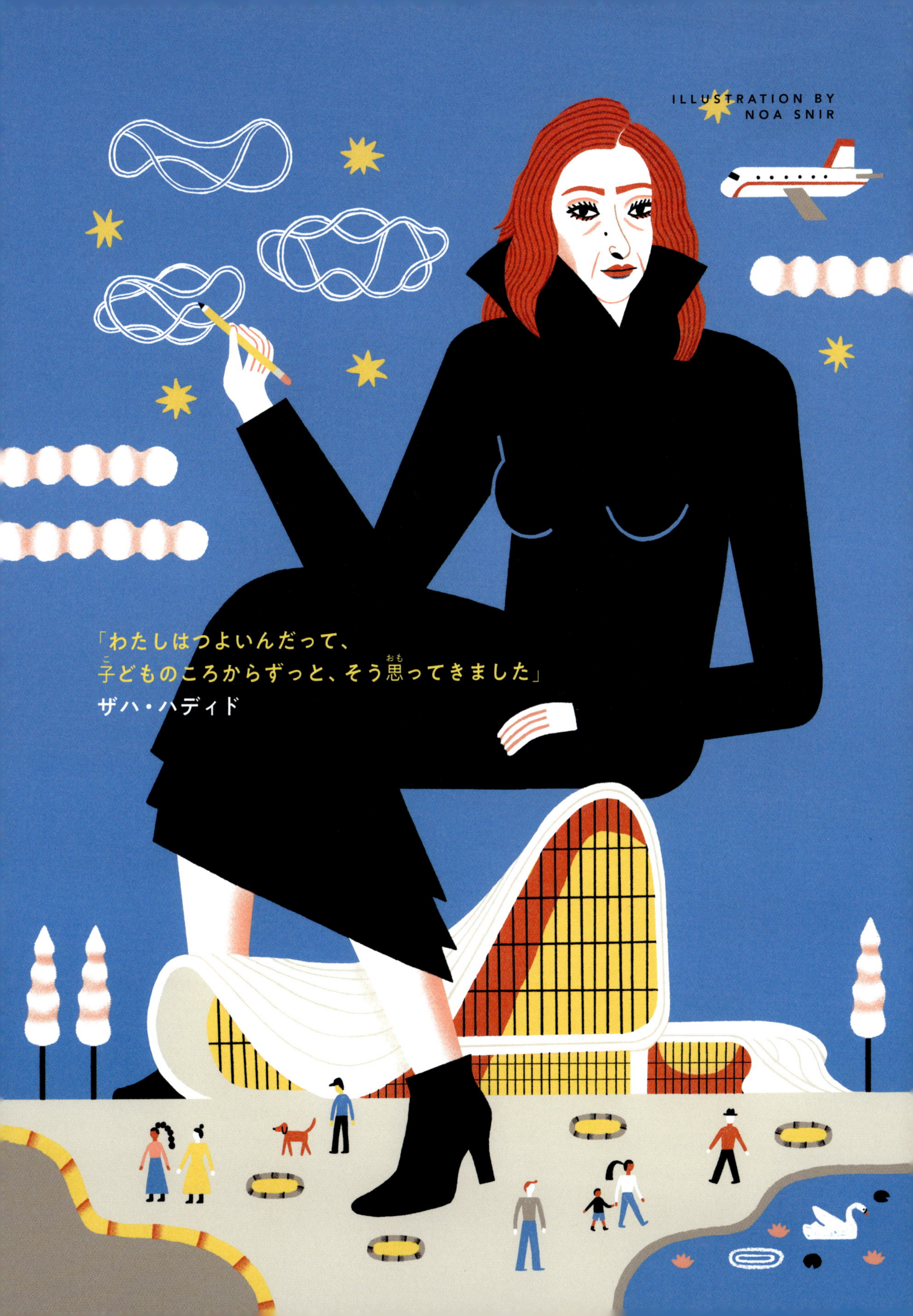

「わたしはつよいんだって、
子《こ》どものころからずっと、そう思《おも》ってきました」
ザハ・ハディド

ジェイン・オースティン

JANE AUSTEN

作家《さっか》

昔《むかし》

むかし、イギリスのいなかに、なによりも本《ほん》がだいすきな女《おんな》の子《こ》がいました。

お父《とう》さんのしょさいにあるソファーにゆったりとこしかけ、思《おも》うぞんぶん本《ほん》を読《よ》むよりもいいことなんて、なんにもないと思《おも》っていました。あまりにもお話《はなし》の中《なか》に入《はい》りこんでしまって、ときどき登場人物《とうじょうじんぶつ》に、それはちがうんじゃない、などと話《はな》しかけることさえありました。まるでお話《はなし》の中《なか》の人《ひと》たちが返事《へんじ》をしてくれると思《おも》っているみたいに。

ジェインと七人《しちにん》のきょうだいは、自分《じぶん》たちと両親《りょうしん》の楽《たの》しみのために、お芝居《しばい》やジェスチャー遊《あそ》びをすることもありました。

ジェインはまだほんの子《こ》どものうちから、自《じ》分《ぶん》でお話《はなし》をつくって、声《こえ》に出《だ》して読《よ》み、お姉《ねえ》さんのカッサンドラをわらわせていました。ジェインの文章《ぶんしょう》は、ジェインそのものでした。生《い》き生《い》きとしていて、だれともにていなくて、気《き》がきいていて、ひらめきをかんじさせるのです。

ジェインはお話《はなし》を書《か》くとき、ささいなことを大切《たいせつ》にしました。男女《だんじょ》がどんなつまらない口《くち》げんかをするのか。男《おとこ》の人《ひと》はどんなふうに歩《ある》くのか。メイドたちはどんなおしゃべりをしているのか。そういうことが、登場人物《とうじょうじんぶつ》の人《ひと》となりをあらわす手《て》がかりになります。ジェインは小説《しょうせつ》の中《なか》で使《つか》おうと思《おも》って、ふだんの生活《せいかつ》で見《み》たり聞《き》いたりしたことを、なにもかもノートに書《か》きとめました。

その時代《じだい》のイギリスでは、女《おんな》の子《こ》は結婚《けっこん》するのが当《あ》たり前《まえ》だと思《おも》われていました。でもジェインはしたいと思《おも》わなかったので、結婚《けっこん》はしませんでした。

「ねえ、リジー！ ほかになにをしてもいいから、愛情《あいじょう》のない結婚《けっこん》だけはぜったいにしちゃだめよ」ジェインは小説《しょうせつ》の中《なか》で、ある登場人物《とうじょうじんぶつ》にそういわせています。

ジェイン・オースティンはイギリス文学《ぶんがく》の歴《れき》史《し》の中《なか》でも、とても有名《ゆうめい》な作家《さっか》になりました。小《ちい》さな村《むら》にある家《いえ》をおとずれれば、そこには今《いま》も、ジェインがいつもすわっていた小《ちい》さなつくえがあります。つくえの前《まえ》にある窓《まど》からは、ジェインも見《み》ていた、花《はな》の咲《さ》きほこる庭《にわ》が見《み》えるでしょう。

1775年《ねん》12月《がつ》16日《にち》—1817年《ねん》7月《がつ》18日《にち》

イギリス

ILLUSTRATION BY
SOPHIA MARTINECK

「そうね！　うちですごすのが
いちばんくつろげるわね」
ジェイン・オースティン

ジェーン・グドール

JANE GOODALL

霊長類学者《れいちょうるいがくしゃ》

あるとき、イギリスに、木《き》にのぼることと本《ほん》を読《よ》むことがだいすきな女《おんな》の子《こ》がいました。その子《こ》の夢《ゆめ》はアフリカに行《い》って、野生《やせい》の動物《どうぶつ》たちといっしょにすごすことでした。

そこである日《ひ》、ジェーンはノートと双眼鏡《そうがんきょう》をもってタンザニア行《い》きの飛行機《ひこうき》にのりこみました。なんとしてもチンパンジーを研究《けんきゅう》しようと決《き》めていたのです。

はじめは、そばにちかづくこともできませんでした。ジェーンのすがたが見《み》えると、チンパンジーはみんな逃《に》げていきました。でもジェーンは、毎日同《まいにちおな》じ時間《じかん》に、同《おな》じ場所《ばしょ》に行《い》ってすがたを見《み》せつづけました。ようやく、チンパンジーたちは、ジェーンがちかづくのをゆるしてくれました。

でもジェーンは、ちかくに行《い》くだけでは満足《まんぞく》できません。チンパンジーと友《とも》だちになりたかったのです。そこでジェーンは、〈バナナ・クラブ〉をはじめました。チンパンジーたちに会《あ》いにいくたびに、いっしょにバナナを食《た》べたのです。

そのころ、チンパンジーのことは、ほとんどわかっていませんでした。ある研究者《けんきゅうしゃ》は、とおくから双眼鏡《そうがんきょう》を使《つか》ってチンパンジーを観察《かんさつ》していました。またべつの研究者《けんきゅうしゃ》は、おりにとじこめたチンパンジーをしらべていました。

いっぽうジェーンは、チンパンジーのそばで、何時間《なんじかん》ものんびりすごしました。ぶーっという音《おと》やきゃっという音《おと》を出《だ》して、話《はな》しかけてみたりもしました。木《き》にのぼって、チンパンジーと同《おな》じものを食《た》べました。

チンパンジーにも儀式《ぎしき》があること、チンパンジーが道具《どうぐ》を使《つか》うこと、チンパンジーのことばには少《すく》なくとも二十《にじゅう》の音《おと》があることなど、ジェーンはいくつもの発見《はっけん》をしました。チンパンジーが草食《そうしょく》ではないというのも、ジェーンが見《み》つけたことです。

ある日《ひ》、ジェーンはけがをしたチンパンジーを助《たす》けて、元気《げんき》になるまで世話《せわ》をしました。野生《やせい》にもどしたとき、そのチンパンジーはふりかえって、まるで「ありがとう、さよなら！」というように、ジェーンをぎゅっとだきしめていったそうです。

1934年《ねん》4月《がつ》3日《にち》—

イギリス

「理解《りかい》してはじめて、気《き》にかけるようになります。
気《き》にかけてはじめて、助《たす》けようとします。
助《たす》けようとしてはじめて、みんながすくわれるのです」
ジェーン・グドール

ジェシカ・ワトソン

JESSICA WATSON

海《うみ》の冒険家《ぼうけんか》

あるところに、ジェシカという女《おんな》の子《こ》がいました。ジェシカは水《みず》をこわがっていました。夏《なつ》のある朝《あさ》のことです。ジェシカはお姉《ねえ》さんやいとこたちといっしょに、プールのそばであそんでいました。そのうちに、みんなでプールサイドに一列《いちれつ》にならび、手《て》をつないで、いっしょにプールにとびこもうということになりました。

ジェシカのお母《かあ》さんは、家《いえ》のまどからようすを見《み》まもっていました。ジェシカだけはきっと列《れつ》からはなれるだろうと思《おも》っていると、びっくりしたことに、みんなといっしょに、プールにむかって進《すす》んでいくではありませんか。「いち……にいの……さんっ！」ザップーン！　プールにとびこんだ子《こ》どもたちは、みんな大《おお》きな声《こえ》でさけんだり、わらったりしています。

その日《ひ》から、ジェシカは水《みず》がだいすきになりました。ヨットクラブに入《はい》って、ヨットのそうじゅうを勉強《べんきょう》し、しばらくすると、なんと、世《せ》界一周《かいいっしゅう》の船《ふね》の旅《たび》に出《で》ることにしたのです。それもたったひとりで、とちゅうでどこの港《みなと》にもよらずに。ジェシカのヨットは、目《め》のさめるようなあざやかなピンク色《いろ》です。そのヨットにジェシカは〈ピンクレディー号《ごう》〉という名前《なまえ》をつけました。

そして、ステーキ&キドニー・パイと、ポテトと、たくさんの豆《まめ》の缶詰《かんづめ》と、一五〇本《ひゃくごじゅっぽん》もの牛《ぎゅう》乳《にゅう》と、水《みず》をどっさりつみこむと、シドニー港《こう》から出発《しゅっぱつ》しました。そのとき、ジェシカはたったの十六歳《じゅうろくさい》でした。

ひとりきりで、どんどん海《うみ》を進《すす》みました。とちゅうで高《たか》いビルほどもある大《おお》きな波《なみ》とたたかいました。朝《あさ》はおひさまといっしょに目《め》をさまして、びっくりするぐらいきれいな夜明《よあ》けの空《そら》をながめます。シロナガスクジラを見《み》かけたこともありました。夜《よる》には流《なが》れ星《ぼし》が尾《お》をひいて空《そら》をよこぎっていくのを、ヨットの上《うえ》から見送《みおく》りました。

そうして七《なな》か月後《げつご》、ジェシカはぶじにシドニーに帰《かえ》ってきました。何千人《なんぜんにん》もの人《ひと》たちがでむかえにきています。ジェシカのためにとくべつなじゅうたんが広《ひろ》げてありました。ヨットとそっくり同《おな》じ、あざやかなピンク色《いろ》のじゅうたんでした。

1993年《ねん》5月《がつ》18日《にち》—

オーストラリア

「状況《じょうきょう》はかえられない――
かえられるのは、自分《じぶん》のやりかただけ」
ジェシカ・ワトソン

シモーネ・バイルズ

SIMONE BILES

体操選手《たいそうせんしゅ》

あるところに、空《そら》をとべる女《おんな》の子《こ》がいました。シモーネ・バイルズという女《おんな》の子《こ》で、実《じつ》は体操選手《たいそうせんしゅ》です。

シモーネがとうじょうすると、見《み》ている人《ひと》はたちまち目《め》がはなせなくなります。

なにしろ、うごきが速《はや》いのです。しかも、力《ちから》づよくて、体《からだ》がやわらかくて、とてもかろやかです。すばやく、ゆうがに空中《くうちゅう》にとびあがると、しなやかに体《からだ》をひねったり、目《め》にもとまらぬ速《はや》さでかいてんしたり……そして毎回《まいかい》、着地《ちゃくち》もかんぺきに決《き》めてきます。

シモーネが体操《たいそう》をはじめたのは、まだ六歳《ろくさい》のときのことでした。

十九歳《じゅうきゅうさい》でリオデジャネイロのオリンピックに出場《しゅつじょう》したときには、それまでにかぞえきれないほどたくさんのメダルをとっていたので、オリンピックでもひとつどころか、いくつもメダルをとるのではないか、と大《おお》きなきたいがかかっていました。

ある日《ひ》、ジャーナリストがききました。

「みんなのきたいが大《おお》きすぎて、そのきたいにおしつぶされそうになったときには、どうしますか？」

「考《かんが》えないようにします。今《いま》のわたしの目標《もくひょう》は段《だん》ちがい平行棒《へいこうぼう》でもっと安定《あんてい》した演技《えんぎ》ができるようになることですから」

「金《きん》メダルをとる、という目標《もくひょう》は？」

「メダルはゴールではありません」シモーネはにっこりわらってこたえました。「母《はは》がいつもいっているように、『せいいっぱい力《ちから》をつくして一位《いちい》になったら、それはすごいことだけど、せいいっぱい力《ちから》をつくして四位《よんい》になっても、それもすごいこと』なんです」

シモーネのお母《かあ》さんは、シモーネを三歳《さんさい》のときにひきとった人《ひと》なので、血《ち》のつながりはありません。

けれども、シモーネはそのお母《かあ》さんから、だいじなことを学《まな》びました。けんきょでいることをわすれず、できるかぎりの努力《どりょく》をすることが、生《い》きがいのある人生《じんせい》につながり、まわりの人《ひと》たちを元気《げんき》づけることができるのだ、と。

リオデジャネイロのオリンピックで、シモーネは五《いつ》つのメダルをかくとくします。そのうちの四《よっ》つが金《きん》メダルでした。

1997年《ねん》3月《がつ》14日《にち》—

アメリカ

ILLUSTRATION BY
ELINE VAN DAM

「わたしがこういう体形《たいけい》に生《う》まれついたことには、
ちゃんと意味《いみ》があると思《おも》うの。だから、わたしは、
わたしのこの体形《たいけい》をできるかぎり利用《りよう》するつもりよ」
シモーネ・バイルズ

ジャコット・ドライエ

JACQUOTTE DELAHAYE

海賊《かいぞく》

昔《むかし》むかし、ハイチという国《くに》に、もえるようにまっ赤《か》なかみのジャコットという女《おんな》の子《こ》がいました。

お母《かあ》さんは、ジャコットの弟《おとうと》をうんだときに死《し》んでしまいました。それからまもなく、お父《とう》さんも死《し》んでしまったので、ジャコットは自分《じぶん》の力《ちから》だけでくらし、弟《おとうと》をやしなっていかなければならなくなります。そこで、海賊《かいぞく》になろうと決《き》めたのです。

海賊《かいぞく》になったジャコットは、何百人《なんびゃくにん》もの仲間《なかま》をひきいる船長《せんちょう》になりました。海《うみ》に出《で》ているときには、仲間《なかま》たちといっしょにくんせいの肉《にく》を食《た》べたり、かけごとをしたり、大砲《たいほう》に火薬《かやく》をつめたり、スペインの船《ふね》をおそったり、おおあばれです。だれも知《し》らないひみつの島《しま》をかくれがにして、船《ふね》にのっていないときには海賊《かいぞく》の仲間《なかま》たちとその島《しま》でくらしていました。

そんなジャコットには、敵《てき》もたくさんいました。政府《せいふ》の役人《やくにん》とライバルの海賊《かいぞく》たちにねらわれていたのです。ジャコットはつかまらないよう、自分《じぶん》は死《し》んだことにして、すがたをくらましました。べつの名前《なまえ》をなのり、男《おとこ》の人《ひと》のかっこうまでしたのですが、長《なが》いあいだ敵《てき》をだましつづけることはできませんでした。なぜって、ジャコットみたいにまっ赤《か》なかみをした人《ひと》など、ほかにはいなかったからです。それですぐにまた海賊《かいぞく》にもどったことから、〝死《し》からよみがえった赤毛《あかげ》〟とよばれるようになりました。

ジャコットにはアン・デュー＝ル＝ヴーという女《おんな》の友《とも》だちがいて、その人《ひと》も、なんと海賊《かいぞく》でした。アンは結婚《けっこん》していて子《こ》どももふたりいましたが、夫《おっと》がけんかで命《いのち》をおとしたあとは夫《おっと》にかわって船長《せんちょう》になり、ジャコットと力《ちから》を合《あ》わせてカリブの海《うみ》をあばれまわったといわれています。

ジャコットとアンは、カリブ海《かい》でだれよりもおそれられた海賊《かいぞく》でした。ふたりが大《おお》あばれした話《はなし》は、海賊《かいぞく》たちのあいだで語《かた》りつがれて、いつしか伝説《でんせつ》になりました。

海賊《かいぞく》たちは、女《おんな》も男《おとこ》も、星空《ほしぞら》の下《した》、ハンモックにねころがり、波《なみ》にゆられて、ジャコットとアンのことを語《かた》りながら、夜《よ》があけたらどんな冒険《ぼうけん》がまちうけているだろうか、と胸《むね》をおどらせたのだといいます。

1640年代《ねんだい》—1660年代《ねんだい》

ハイチ

「わたしにめいれいする
男《おとこ》はすきじゃないけど、
わたしのいいなりになる男《おとこ》も
すきにはなれないわ」
ジャコット・ドライエ

張弦《シャンジャン》

ZHANG XIAN

指揮者《しきしゃ》

そのむかし、ピアノをひいてはいけない国《くに》がありました。楽器屋《がっきや》さんにも、ピアノは売《う》っていませんでした。えんそう会《かい》で、ピアノが使《つか》われることもありません。その国《くに》には、ピアノというものが、どこにもなかったのです。

けれども、あるとき、ひとりの男《おとこ》の人《ひと》がいいことを思《おも》いつきます。材料《ざいりょう》を買《か》ってきて、自分《じぶん》でピアノをつくってしまうのです。といっても、自分《じぶん》でひくためではありません。四歳《よんさい》になるむすめのジャンにプレゼントするためでした。

ジャンは、ピアノがだいすきになりました。ピアノをひいていると、たのしくてたまりません。大《おお》きくなると、ピアノの先生《せんせい》になって、北京《ペキン》の中央歌劇院《ちゅうおうかげきいん》というところで、オペラに出《で》る人《ひと》たちが歌《うた》の練習《れんしゅう》をするときに、ばんそうをすることもありました。ピアノをひく仕事《しごと》を一生《いっしょう》つづけよう、とジャンは思《おも》っていました。

北京《ペキン》の中央歌劇院《ちゅうおうかげきいん》で、あるとき、オペラの『フィガロの結婚《けっこん》』をじょうえんすることになりました。最後《さいご》のリハーサルがおわったあと、ジャンはオーケストラの指揮者《しきしゃ》にいきなりいわれます。「明日《あした》はあなたが指揮《しき》をしなさい」

「ありがとうございます」ジャンはかすれた声《こえ》でこたえました。指揮《しき》の勉強《べんきょう》もしているけれど、まさか本番《ほんばん》でまかされるなんて、信《しん》じられないし、きんちょうするし、こわくてたまらなかったのです。

次《つぎ》の日《ひ》、ジャンはオーケストラの団員《だんいん》を集《あつ》めて、もう一度《いちど》だけとくべつに、追加《ついか》のリハーサルをすることにしました。ジャンは小柄《こがら》で、年《とし》だって団員《だんいん》の人《ひと》たちよりずっとわかく、まだ二十歳《はたち》です。だからでしょうか、ジャンが指揮台《しきだい》に立《た》つと、団員《だんいん》たちはくすくすとわらいます。それでも、ジャンはひるみません。指揮台《しきだい》にしっかりと立《た》ち、まじめな顔《かお》でタクトをかまえて、団員《だんいん》たちのわらい声《ごえ》がおさまるのをまちました。

えんそうがはじまって十分《じゅっぷん》もすると、団員《だんいん》たちはそんけいの目《め》でジャンを見《み》つめ、ジャンの指揮《しき》にしたがうようになりました。

「わたしの人生《じんせい》は、一夜《いちや》にして、変《か》わったんです」とジャンはいいます。

シャン・ジャンは、今《いま》では、世界《せかい》じゅうの人《ひと》に愛《あい》される、すばらしい指揮者《しきしゃ》になっています。

1973年《ねん》—

中華人民共和国《ちゅうかじんみんきょうわこく》

「女《おんな》の子《こ》たちも、きっと女《おんな》の人《ひと》が
指揮《しき》をしているのを見《み》たら、
自分《じぶん》たちにもできるかもしれない、
と思《おも》うようになるでしょう」

張弦（シャン・ジャン）

ジュリア・チャイルド

JULIA CHILD

料理《りょうり》研究家《けんきゅうか》

ジュリア・チャイルドは、身長《しんちょう》が一《ひゃく》八八《はちじゅうはち》センチもある、とても背《せ》の高《たか》い女《おんな》の子《こ》でした。

第二次世界大戦《だいにじせかいたいせん》がはじまると、ジュリアは陸軍《りくぐん》に入《はい》ろうと決心《けっしん》しますが、背《せ》が高《たか》すぎるという理由《りゆう》でことわられてしまいました。海軍《かいぐん》でも、背《せ》が高《たか》すぎるといわれてしまいます。そこで、ジュリアはひみつ工作員《こうさくいん》になりました。

最初《さいしょ》の任務《にんむ》は、水中爆弾《すいちゅうばくだん》の性能《せいのう》を弱《よわ》めることでした。そのころ、ナチス・ドイツの潜水艦《せんすいかん》が大西洋《たいせいよう》をあばれまわっていました。それをやっつけるために、海《うみ》のあちこちに水中爆弾《すいちゅうばくだん》をしかけるのですが、あまりにも性能《せいのう》がよすぎて、すぐそばをサメがおよいでとおりすぎただけで、ばくはつしてしまうのです。なんとかしなくては……ひみつ工作員《こうさくいん》たちは頭《あたま》をかかえていました。

でも、ジュリアには名案《めいあん》があったのです。

何《なに》をしたかって？　なんと、料理《りょうり》をはじめたのです。気持《きも》ちが悪《わる》くなりそうな材料《ざいりょう》をたくさん集《あつ》めてまぜ合《あ》わせ、ケーキのようにやきました。海《うみ》の中《なか》にほうりこむと、死《し》んだサメのにおいのするケーキです。そんなにおいがしていたら、サメはちかづいてこようとしません。ジュリアのひらめきで、サメの問題《もんだい》はみごと解決《かいけつ》したのです。

戦争《せんそう》がおわると、ジュリアは夫《おっと》の仕事《しごと》の都合《つごう》でフランスにひっこします。はじめてフランス料理《りょうり》を食《た》べたとき、ジュリアはびっくりしてしまいました。こんなにおいしい食《た》べものがあったなんて！　ジュリアはフランス料理《りょうり》の勉強《べんきょう》をしようと心《こころ》に決《き》めて、世界一《せかいいち》の料理学校《りょうりがっこう》といわれる〈ル・コルドン・ブルー〉に入《はい》ります。そして、学校《がっこう》におしえにきている何人《なんにん》ものシェフから、ありとあらゆることを学《まな》びました。

やがて、ジュリアは、フランス料理《りょうり》の専門家《せんもんか》として世界的《せかいてき》に有名《ゆうめい》になります。ジュリアの書《か》いた『王道《おうどう》のフランス料理《りょうり》』という本《ほん》はベストセラーになりました。ジュリアの名前《なまえ》をつけた料理番組《りょうりばんぐみ》もつくられました。「ボナペティ！」とジュリアはいいます。フランス語《ご》で、「さあ、めしあがれ」という意味《いみ》です。そして、そのあとに、こうつけくわえるのです。

「あなたはサメじゃなさそうですもの」

1912年《ねん》8月《がつ》15日《にち》—2004年《ねん》8月《がつ》13日《にち》

アメリカ

ILLUSTRATION BY
BARBARA DZIADOSZ
「ケーキのない
パーティーなんて、
ただの集会《しゅうかい》よ」
ジュリア・チャイルド

ジョーン・ジェット
JOAN JETT

ロックスター

ジョーンはロックンロールがだいすき。十三歳《じゅうさんさい》のクリスマスに、はじめてのギターをもらいました。それはもうおおよろこびです。でも、なんだかものたりません。ひとりでギターをひくのもたのしいけれど、「本気《ほんき》でロックスターをめざすなら、やっぱりバンドをつくらなくちゃ」と思《おも》ったのです。

　一年後《いちねんご》、ジョーンはバンドをつくりました。ドラムのサンディ、ボーカルのシェリー、ベースのジャッキー、リードギターのリタ。ジョーンはリズムギターとボーカルの担当《たんとう》です。バンドの名前《なまえ》は〈ザ・ランナウェイズ〉！

　全員《ぜんいん》が、負《ま》けん気《き》がつよくてかっこいい、十五歳《じゅうごさい》の女《おんな》の子《こ》です。ジョーンはステージに立《た》つときには、いつもまっ赤《か》な革《かわ》のジャンプスーツを着《き》ました。

「きみたちは、わかすぎるよ」といろいろな人《ひと》にいわれました。ジョーンたちは大《おお》きな声《こえ》でいいかえします。「それっていけないこと？」

「あなたたちの音楽《おんがく》はうるさすぎるの」と文句《もんく》をいう人《ひと》もいました。ジョーンたちはもっと大《おお》きな音《おと》でえんそうしました。

「女《おんな》の子《こ》はパンクロッカーにはなれないよ」

「へえ、そう？　だったら、まあ、あたしたちを見《み》ててよ！」

　そして、そのことばどおり、ジョーンたちのつくった「チェリー・ボム」という曲《きょく》が、ヒットしたのです。二枚《にまい》めのアルバムの『クイーン・オブ・ノイズ』は、日本《にほん》で大評判《だいひょうばん》になりました。

　けれども、いつでもそんなふうにかんたんに夢《ゆめ》がかなったわけではありません。日本《にほん》だけではなく世界中《せかいじゅう》のいろいろな国《くに》をまわって、たくさんの人《ひと》をたのしませてきたジョーンたちですが、アメリカにもどると、小《ちい》さな会場《かいじょう》で歌《うた》わなくてはならないこともあったのです。おんぼろのワゴン車《しゃ》を夜《よ》どおし走《はし》らせ、ゆっくり休《やす》むまもなく、町《まち》から町《まち》へとまわるのです。観客《かんきゃく》からどなられたり、ものを投《な》げられたりすることもありました。でも、〈ザ・ランナウェイズ〉は、へいちゃらでした。なぜって、ロックが生《い》きがいだったからです。だいすきな音楽《おんがく》をえんそうしたり歌《うた》ったりしていると、どんなときよりも元気《げんき》でいられたのです。

1958年《ねん》9月《がつ》22日《にち》—

アメリカ

ILLUSTRATION BY
CARI VANDER YACHT
「あたしのギターは
たんなる物《もの》じゃない。
あたしの体《からだ》の一部《いちぶ》なの。
それがあたしという
人間《にんげん》なのよ」
ジョーン・ジェット

新羅《しらぎ》の善徳《そんどく》

SEONDEOK OF SILLA

女王《じょおう》

昔《むかし》

むかし、朝鮮半島《ちょうせんはんとう》に三《みっ》つの王国《おうこく》がありました。そのうちのひとつ、新羅《しらぎ》の王宮《おうきゅう》に、とてもかしこい善徳《そんどく》という王女《おうじょ》さまがいました。王《おう》さまがなくなると、善徳《そんどく》が王《おう》のくらいをつぎました。

貴族《きぞく》の毗曇大臣《びだむだいじん》は、これがどうしてもゆるせません。流《なが》れ星《ぼし》を見《み》て、あれは善徳女王《そんどくじょおう》の世《よ》がもうすぐおわる、というお告《つ》げだ、といったのです。そして「女《おんな》の王《おう》に国《くに》がおさめられるわけがない」をあいことばに、反乱《はんらん》を起《お》こしました。たたかいがはじまり、不安《ふあん》におののく人《ひと》びとを見《み》て、善徳《そんどく》は、たこに火《ひ》をつけて夜空《よぞら》にとばしました。

とおくから見《み》ると、火《ひ》のついたたこが空《そら》にのぼっていくようすは、流《なが》れ星《ぼし》がもとの位置《いち》にもどっていくようにも見《み》えます。そうして、「女《じょ》王《おう》の星《ほし》は空《そら》にもどった」といって人《ひと》びとを安心《あんしん》させました。

そんな方法《ほうほう》は、ほかのだれひとりとして思《おも》いつきません。でも、善徳《そんどく》が機転《きてん》をきかせてみんなをびっくりさせたのは、そのときがはじめてではないのです。

まだ子《こ》どものころ、お父《とう》さんである王《おう》さまが、中国《ちゅうごく》の唐《とう》の皇帝《こうてい》から、ぼたんの花《はな》の絵《え》と、ぼたんの種《たね》をもらったことがありました。ぼたんの花《はな》の絵《え》と種《たね》を見《み》ながら、善徳《そんどく》はいいました。

「この種《たね》をまくと、きれいな花《はな》が咲《さ》く、ということね。いいにおいがしないのは、ざんねんだけれど」

「どうしてわかるのだ？」と王《おう》さまがききました。

「いいにおいがするなら、この絵《え》にはハチやチョウもかいてあるはずだもの」

花《はな》がさいたとき、善徳《そんどく》のいっていたとおりだとわかりました。ぼたんの花《はな》には、かおりがなかったのです。

わかくして女王《じょおう》となった善徳《そんどく》は、学者《がくしゃ》や学生《がくせい》を中国《ちゅうごく》の唐《とう》に送《おく》り、唐《とう》のことばや風習《ふうしゅう》を勉強《べんきょう》させて、ふたつの国《くに》が戦争《せんそう》をしないでなかよくつきあっていけるよう、力《ちから》をつくしたといわれています。

新羅《しらぎ》では、王《おう》さまが二十六人《にじゅうろくにん》つづいたあと、善徳《そんどく》が女王《じょおう》になりました。女《おんな》の人《ひと》で王《おう》のくらいについたのは、新羅《しらぎ》では善徳《そんどく》がはじめてです。

606年《ねん》ごろ—647年《ねん》2月《がつ》17日《にち》

朝鮮半島《ちょうせんはんとう》の新羅《しらぎ》

ILLUSTRATION BY
KIKI LJUNG

「人《ひと》びとのしんらいをえるのは、
むずかしいことです。
でも、それよりもむずかしい
のは、人《ひと》びとをみすてる
ことです」

新羅《しらぎ》の善徳《そんどく》

ジル・ターター

JILL TARTER

天文学者《てんもんがくしゃ》

あるところに、星《ほし》と友《とも》だちになりたいと思《おも》っているジルという女《おんな》の子《こ》がいました。

「空《そら》はこんなに広《ひろ》いのに、宇宙《うちゅう》で生《い》き物《もの》がいるのはわたしたちの地球《ちきゅう》だけ、なんてことがあるかしら？」とジルは子《こ》どものころからずっと考《かんが》えていました。

そして、そのことがどうしても気《き》になったので、大人《おとな》になると、宇宙《うちゅう》に地球以外《ちきゅういがい》の生《い》き物《もの》がいないかどうかをしらべることにしたのです。

天文学者《てんもんがくしゃ》になって、宇宙《うちゅう》に生物《せいぶつ》がいるかどうかを科学的《かがくてき》に研究《けんきゅう》している〈SETI《セチ》研究所《けんきゅうじょ》〉の所長《しょちょう》になりました。アメリカのカリフォルニアにある、世界《せかい》でもっとも進《すす》んだ研究《けんきゅう》をしている機関《きかん》です。

ジルは研究《けんきゅう》チームの仲間《なかま》たちと、世界各地《せかいかくち》の電波望遠鏡《でんぱぼうえんきょう》を使《つか》って、たくさんの星《ほし》を観察《かんさつ》します。そうやってまいばん、どこかとおくの惑星《わくせい》に文明《ぶんめい》のしるしがないか、どこかの星《ほし》から信号《しんごう》が発信《はっしん》されていないか、さがすのです。

地球以外《ちきゅういがい》の星《ほし》に生《い》き物《もの》がいたとしても、その生《い》き物《もの》がどんな信号《しんごう》を使《つか》っているのか、研究《けんきゅう》をはじめたばかりのころは、だれにもわかりませんでした。そしてそれは今《いま》でもわかっていません。ひとつだけ、まちがいなくわかっているのは、宇宙《うちゅう》はこんなに広《ひろ》いのだから、わたしたちの地球以外《ちきゅういがい》にもきっと生《い》き物《もの》がいるはずだ、ということです。

ジルは星空《ほしぞら》をながめながら散歩《さんぽ》をするのがだいすきです。天文学者《てんもんがくしゃ》になったばかりのころをふりかえって、ジルはこんなふうにいっています。

「わたしの仕事《しごと》は真夜中《まよなか》の十二時《じゅうにじ》からだったから、その時間《じかん》になると、仕事場《しごとば》まで歩《ある》いていっていたの。そんなとき、夜空《よぞら》を見《み》あげてオリオン座《ざ》が見《み》つかると、昔《むかし》からの友《とも》だちに会《あ》えたような気《き》がしたものよ」

ジルとチームの仲間《なかま》たちは研究《けんきゅう》をつづけていますが、今《いま》のところ、地球以外《ちきゅういがい》の星《ほし》に生《い》き物《もの》がいることは科学的《かがくてき》に証明《しょうめい》されていません。

でも、ジルはあきらめてはいません。

「だって、コップに海《うみ》の水《みず》をくんだときに、そこに魚《さかな》が入《はい》っていなかったとしても、海《うみ》に魚《さかな》はいないなんてだれもいわないでしょう？」

1944年《ねん》1月《がつ》16日《にち》—

アメリカ

ILLUSTRATION BY
ZOZIA DZIERŻAWSKA
「科学的《かがくてき》な考《かんが》え方《かた》が、暗闇《くらやみ》をてらす」
ジル・ターター

シルヴィア・アール

SYLVIA EARLE

海洋生物学者《かいようせいぶつがくしゃ》

昔《むかし》むかし、夜《よる》の海《うみ》にもぐることがだいすきな、わかい科学者《かがくしゃ》がいました。シルヴィアという人《ひと》です。夜《よる》の海《うみ》はくらくて、魚《さかな》たちがねむっているのか、目《め》をさましているのかも、わかりません。

「でも、夜《よる》になると、昼間《ひるま》には見《み》られない魚《さかな》が、たくさん見《み》られるのよ」とシルヴィアはいいます。

シルヴィアは、海《うみ》にもぐる専門家《せんもんか》チームのリーダーでした。海《うみ》の中《なか》の実験室《じっけんしつ》で二週間《にしゅうかん》のあいだくらしたり、海《うみ》にもぐるための乗《の》り物《もの》をくふうしたりして、それまでだれもやったことがないやり方《かた》で、海《うみ》の生《い》き物《もの》を研究《けんきゅう》したのです。

ある晩《ばん》のこと、シルヴィアはとくべつな潜水《せんすい》服《ふく》を身《み》につけました。色《いろ》は白黒《しろくろ》で、宇宙服《うちゅうふく》のようにだぶだぶで、ドームのようなかっこうをした大《おお》きなヘルメットをかぶります。ヘルメットには、まるいまどが四《よっ》つついていて、そとがのぞけるようになっていました。海岸《かいがん》から十《じゅっ》キロほどはなれたところで、シルヴィアは海《うみ》にもぐりました。それまで命《いのち》づなでだれももぐったことがないほど、深《ふか》いところまで。

星《ほし》の見《み》えない夜《よる》よりもずっとくらい中《なか》、水中《すいちゅう》ランプのかすかな光《ひかり》だけをたよりに、海底《かいてい》に足《あし》をつけました。それは、まるで、にたような服《ふく》を身《み》につけた人《ひと》が、何十万《なんじゅうまん》キロもはなれた空《そら》の上《うえ》で、はじめて月面《げつめん》に足《あし》あとをのこしたときのようでした。

水中《すいちゅう》ランプをけすと、まっくらな海《うみ》の中《なか》に、数《かぞ》えきれないほどたくさんの、小《ちい》さな生物《せいぶつ》が青《あお》緑色《みどりいろ》の光《ひかり》をはなっているのが見《み》えました。そのほとんどが、まだだれにも知《し》られていない生物《せいぶつ》でした。

「海《うみ》がなかったら、地球《ちきゅう》に生命《せいめい》は生《う》まれていなかったでしょう。人間《にんげん》も、動物《どうぶつ》も、酸素《さんそ》も、植《しょく》物《ぶつ》も、存在《そんざい》していなかったはずです。海《うみ》を知《し》らなければ、海《うみ》を愛《あい》することはできません」

シルヴィアは海《うみ》の底《そこ》の流《なが》れを調査《ちょうさ》し、めずらしい海草《かいそう》を見《み》つけ、深海《しんかい》の魚《さかな》を見《み》かけると、「こんにちは」と手《て》をふります。

そんなシルヴィアには、みんなに伝《つた》えたいことがあるのです。「海《うみ》は大切《たいせつ》にしなくてはなりません。あなたも、海《うみ》という〝地球《ちきゅう》の青《あお》いハート〟をまもる仲間《なかま》になりませんか？」

1935年《ねん》8月《がつ》30日《にち》—

アメリカ

「わたしは海《うみ》の中《なか》で
何千時間《なんぜんじかん》もすごしています。
とてもたのしい時間《じかん》です。
本当《ほんとう》はみなさんをつれていって
わたしとおなじものを見《み》て
わたしとおなじことを知《し》ってほしいのです」
シルヴィア・アール

ILLUSTRATION BY
GERALDINE SY

神功《じんぐう》

JINGŪ

皇后《こうごう》

昔《むかし》

むかしの大《おお》むかし、日本《にほん》にある皇后《こうごう》がいました。その人《ひと》のおなかには赤《あか》ちゃんがいました。

ある日《ひ》のこと、夫《おっと》である天皇《てんのう》が、反乱《はんらん》を起《お》こした人《ひと》たちをたおしにいくといいだしました。けれども、神功《じんぐう》は反対《はんたい》します。夢《ゆめ》で神《かみ》のお告《つ》げをうけたからでした。「朝鮮半島《ちょうせんはんとう》に〝目《め》もくらむような、すばらしいものであふれた国《くに》〟があるので、そこにむかうべきだ」というお告《つ》げでした。

けれども天皇《てんのう》は妻《つま》の意見《いけん》を聞《き》きいれません。反乱《はんらん》を起《お》こした人《ひと》たちとのたたかいにでかけていって、命《いのち》をおとしてしまいます。

天皇《てんのう》がなくなったことを敵《てき》に知《し》られないよう、神功皇后《じんぐうこうごう》は男《おとこ》のかっこうをしてたたかいにでかけ、夫《おっと》のかわりに反乱《はんらん》をしずめました。おなかには赤《あか》ちゃんがいたというのに。

そこからさらに、兵《へい》をひきいて海《うみ》をわたり、夢《ゆめ》のお告《つ》げのとおりに朝鮮半島《ちょうせんはんとう》の〝新羅《しらぎ》〟という国《くに》をせめました。

神《かみ》のお告《つ》げのおかげでたたかいに勝《か》っただけでなく、神功皇后《じんぐうこうごう》にはほかにも、いろいろとふしぎな力《ちから》があったといわれています。宝石箱《ほうせきばこ》にしまってあったとくべつな三《みっ》つの石《いし》を使《つか》って、潮《しお》の流《なが》れを変《か》えた、といういい伝《つた》えがあります。

赤《あか》ちゃんがお母《かあ》さんのおなかにいる期間《きかん》は、ふつうは九《きゅう》か月《げつ》ぐらいですが、神功皇后《じんぐうこうごう》はそれを十五《じゅうご》か月《げつ》もがまんして、朝鮮半島《ちょうせんはんとう》からもどってきてから息子《むすこ》の応神天皇《おうじんてんのう》をうんだ、ともいわれています。十五《じゅうご》か月《げつ》どころか、じつはまるまる三年《さんねん》も赤《あか》ちゃんをうむのをのばしてたたかった、という伝説《でんせつ》もあるぐらいです。

きっと、だれもかなわないぐらい、つよくて頭《あたま》のいい人《ひと》だったのでしょう。

神功皇后《じんぐうこうごう》はたたかうときにゆうかんにたたかうだけでなく、失敗《しっぱい》から逃《に》げない勇気《ゆうき》ももっていました。自分《じぶん》の決断《けつだん》には、最後《さいご》まで責任《せきにん》をもちました。

朝鮮半島《ちょうせんはんとう》をせめるときも「この遠征《えんせい》がうまくいけば、それは家来《けらい》たちの手柄《てがら》であり、失敗《しっぱい》したとしたら、その責任《せきにん》はすべてわたしひとりにある」といったそうです。

遠征《えんせい》で勝利《しょうり》をおさめ、神功皇后《じんぐうこうごう》はおよそ七十《ななじゅう》年《ねん》ものあいだ、日本《にほん》の国《くに》をおさめたのです。

169年《ねん》ごろ—269年《ねん》

日本《にほん》

ILLUSTRATION BY
ANA GALVAN

「武器《ぶき》をかかげて、高《たか》い波《なみ》をわたり、
船《ふね》をととのえて宝《たから》の国《くに》をもとめよう」

神功《じんぐう》

ソニータ・アリザデ

SONITA ALIZADEH

ラッパー

ソニータが十歳《じゅっさい》のとき、お父《とう》さんとお母《かあ》さんがいいました。「うちにお金《かね》がひつようになったから、結婚《けっこん》してもらうよ」そして、きれいな服《ふく》を用意《ようい》したり、それまでよりもソニータをだいじにしたりするようになりました。

ソニータには、わけがわかりません。でも、結婚《けっこん》したくないことだけは、たしかです。勉強《べんきょう》をしたり、文章《ぶんしょう》を書《か》いたり、歌《うた》を歌《うた》ったりしたいのです。

正直《しょうじき》な気持《きも》ちをお母《かあ》さんにうちあけると、お母《かあ》さんはこういいました。「お兄《にい》さんがおよめさんをもらうのに、お金《かね》がひつようだから、あなたには結婚《けっこん》してもらわないとならないの。あなたをあなたの結婚相手《けっこんあいて》に〝売《う》る〟しか、方法《ほうほう》がないのよ」

直前《ちょくぜん》になって、結婚《けっこん》の話《はなし》はとりやめになります。一家《いっか》がくらしていたアフガニスタンで戦争《せんそう》がはじまったからでした。

戦争《せんそう》で自分《じぶん》の国《くに》に住《す》めなくなった人《ひと》たちは、難民《なんみん》といって、ほかの国《くに》にひなんします。ソニータとお兄《にい》さんはアフガニスタンをはなれ、イランの難民《なんみん》キャンプに、おくられました。ソニータは難民《なんみん》キャンプの学校《がっこう》で読《よ》み書《か》きをおぼえ、歌《うた》をつくりはじめます。

ソニータが十六歳《じゅうろくさい》のとき、お母《かあ》さんが難民《なんみん》キャンプにたずねてきました。そして、ソニータを〝買《か》いたい〟というべつの結婚相手《けっこんあいて》が見《み》つかったから、アフガニスタンに帰《かえ》ってくるように、といいました。ソニータは、このときも「いやよ」といいました。お母《かあ》さんのことはだいすきでしたが、結婚《けっこん》はしたくありません。ラッパーになりたいのです。

ソニータは、そのときの気持《きも》ちをこめて、〈売《う》られるはなよめ〉という力《ちから》づよい歌《うた》をつくり、〈ユーチューブ〉のサイトにアップしました。ソニータのアップした動画《どうが》は、あっというまに広《ひろ》まり、みんながソニータのことを知《し》るようになりました。そして、アメリカで音楽《おんがく》を勉《べん》強《きょう》するための、奨学金《しょうがくきん》をもらえることになったのです。「わたしの国《くに》では、なにもいわないのが、よい女《おんな》の子《こ》なんです」とソニータはいいます。「でも、わたしは心《こころ》の中《なか》にあることばを、みんなに伝《つた》えていきたいんです」

1996年《ねん》—

アフガニスタン

「だまっているのには、もうあきあき」

ソニータ・アリザデ

ILLUSTRATION BY
SAMIDHA GUNJAL

タマラ・ド・レンピッカ

TAMARA DE LEMPICKA

画家《がか》

ロシアのサンクトペテルブルクという町《まち》にある、すてきなおうちに、ひとりの画家《がか》がたずねてきました。そのおうちに住《す》んでいる、タマラという十二歳《じゅうにさい》の女《おんな》の子《こ》の肖像画《しょうぞうが》をかくためです。

ところが、タマラは画家《がか》のかいた絵《え》が気《き》に入《い》りません。「あたしのほうが、ずっとじょうずにかけるわ」と思《おも》ったのです。

それから三年後《さんねんご》、タマラはおばさんにつれられてオペラをみにいきました。劇場《げきじょう》にはおおぜいの人《ひと》が来《き》ていましたが、なぜか、ひとりの男《おとこ》の人《ひと》が、ぱっと目《め》につきました。その瞬間《しゅんかん》、タマラは思《おも》いました。「あたしはこの男《おとこ》の人《ひと》と結《けっ》婚《こん》するんだわ」そして、本当《ほんとう》にそのタデウシュという人《ひと》と結婚《けっこん》したのです。

ロシアで革命《かくめい》が起《お》きると、タデウシュはたいほされて刑務所《けいむしょ》におくられてしまいます。それでもタマラはいろいろな人《ひと》の力《ちから》をかりてタデウシュを刑務所《けいむしょ》からすくいだし、ロシアから逃《に》げだしてフランスのパリにむかいます。

そのころ、パリは芸術《げいじゅつ》の中心地《ちゅうしんち》でした。そのパリで、タマラは子《こ》どものころからの夢《ゆめ》をかなえて画家《がか》になりました。そして有名《ゆうめい》になります。お金持《かねも》ちやえらい人《ひと》たちから、ぜひとも肖像画《しょうぞうが》をかいてもらいたい、と次《つぎ》から次《つぎ》へとたのまれました。第二次世界大戦《だいにじせかいたいせん》がはじまると、タマラはアメリカにわたります。そのころからタマラのだいたんでこせいてきな絵《え》は、だんだんと人《にん》気《き》がなくなってきたのです。展覧会《てんらんかい》をひらいても、悪口《わるぐち》をいわれるばかりです。腹《はら》を立《た》てたタマラは「展覧会《てんらんかい》なんかもう二度《にど》とひらくもんですか」といいました。

そのあと、タマラはメキシコにひっこして、きれいなおうちに住《す》むことになります。そして、八十二歳《はちじゅうにさい》でなくなるまで、そのおうちでくらしました。「あたしが死《し》んだら、遺灰《いはい》はメキシコのポポカテペトル火山《かざん》にまいて」というのがタマラのねがいでした。気《き》がつよくて、かんしゃく持《も》ちだけれど、絵《え》をかくことにかけてはまさに天才《てんさい》、そんなタマラらしい最期《さいご》でした。

今《いま》では、タマラの絵《え》には何百万《なんびゃくまん》ドルものねだんがついています。あの世界的《せかいてき》に人気《にんき》のある歌《か》手《しゅ》のマドンナも、タマラの絵《え》の大《だい》ファンだそうです。

1898年《ねん》5月《がつ》16日《にち》—1980年《ねん》3月《がつ》18日《にち》

ポーランド

「あたしは世《よ》の中《なか》のはしっこで生《い》きてるの。
そういう人間《にんげん》には、世《よ》の中《なか》のふつうの
ルールはあてはまらないのよ」
タマラ・ド・レンピッカ

チョリータ登山隊《とざんたい》

CHOLITA CLIMBERS

登山家《とざんか》

ボリビアの、アンデス山脈《さんみゃく》につらなるうつくしい山《やま》のふもとに、リディア・ワイリャスという女《おんな》の人《ひと》が住《す》んでいました。

リディアと仲間《なかま》たちは、わかいころからずっと、山《やま》の頂上《ちょうじょう》をめざす登山者《とざんしゃ》のためのベースキャンプで、食事《しょくじ》をつくる仕事《しごと》をしています。登《と》山者《ざんしゃ》たちは、ヘルメットをかぶり、ザックを背《せ》負《お》い、ブーツのひもをしめると、水筒《すいとう》をいっぱいにして、出発《しゅっぱつ》していきます。その人《ひと》たちがわくわくと目《め》をかがやかせているのを、リディアはずっと見《み》てきました。

リディアと仲間《なかま》たちは、山《やま》の頂上《ちょうじょう》に立《た》つのはどんなかんじなのか、知《し》りませんでした。一度《いちど》ものぼったことがなかったからです。でも、夫《おっと》やむすこたちは知《し》っていました。登山《とざん》ガイドや荷物《にもつ》をはこぶポーターとして、登山者《とざんしゃ》たちを頂《ちょう》上《じょう》まであんないし、ぶじ下山《げざん》させるのが仕事《しごと》だからです。そのあいだ女《おんな》たちは、ベースキャンプではたらいていました。

ある日《ひ》、リディアはいいました。「わたしたちも山《やま》にのぼってみようじゃないの」よびかけにこたえて、十一人《じゅういちにん》の仲間《なかま》が集《あつ》まりました。

女《おんな》たちがいつもはいている色《いろ》あざやかでひだの多《おお》いスカートの下《した》にブーツをはき、その上《うえ》にすべり止《ど》めのアイゼンをつけるのを見《み》て、男《おとこ》たちはわらいました。「そんなチョリータのスカートで山《やま》にのぼれるもんか。ちゃんとした登《と》山《ざん》用《よう》の服《ふく》を着《き》なくっちゃ」チョリータというのは、民族《みんぞく》いしょうを着《き》た女性《じょせい》のことです。

「ふん」リディアはヘルメットのベルトをしめながらいいました。「すきな服《ふく》を着《き》て山《やま》をのぼったって、いいじゃない。わたしたちはチョリータ登山隊《とざんたい》よ！」

はげしい雪嵐《ゆきあらし》や強風《きょうふう》をものともせず、リディアたちはつぎつぎと山《やま》のぼりに成功《せいこう》しました。「こんなのへっちゃらよ。国内《こくない》の六千《ろくせん》メートル級《きゅう》の山《やま》、ひとつのこらずのぼってみたいわね」

あなたがこのお話《はなし》を読《よ》んでいるあいだにも、チョリータ登山隊《とざんたい》は雪《ゆき》の中《なか》を、ぐいぐい進《すす》んでいるかもしれません。色《いろ》あざやかなスカートを風《かぜ》にひるがえし、はじめて立《た》つ山《やま》のてっぺんから見《み》る景色《けしき》を思《おも》いえがいて、わくわくと目《め》をかがやかせていることでしょう。

1968年《ねん》ごろ—

ボリビア

ILLUSTRATION BY
SARAH WILKINS

「山《やま》のてっぺんに立《た》つのは、最高《さいこう》の気分《きぶん》。
まるで、別世界《べつせかい》のよう」

リディア・ワイリャス

ナンシー・ウェイク

NANCY WAKE

スパイ

昔《むかし》

むかし、ひみつ工作員《こうさくいん》になったナンシー・ウェイクという女《おんな》の子《こ》がいました。

たったの十六歳《じゅうろくさい》だったときに、ひとりでオーストラリアからはるばるアメリカまで旅《たび》をして、そのあとイギリスにわたり、ロンドンの新聞社《しんぶんしゃ》に実力《じつりょく》をみとめられて記者《きしゃ》になりました。第二《だいに》次世界大戦《じせかいたいせん》がはじまると、フランスにむかい、〈マキ〉というていこうグループにくわわって、ナチス・ドイツと戦《たたか》いました。

いったんはイギリスにひなんしますが、ナンシーはもう一度《いちど》、今度《こんど》はパラシュートで飛行機《ひこうき》からとびおりてフランスにもどります。そして、ていこう運動《うんどう》を広《ひろ》めたり、グループをまとめたり、たたかう訓練《くんれん》をてつだったりしました。イギリス軍《ぐん》の飛行機《ひこうき》がうちおとされたときには、パイロットを救助《きゅうじょ》しました。パイロットを逃《に》がすために、にせの身分証明書《みぶんしょうめいしょ》を用意《ようい》して、スペインまでつれていきました。国境《こっきょう》のけわしい山《やま》山《やま》をこえて。おかげで何人《なんにん》ものパイロットが、ぶじにイギリスにもどることができました。

もちろん、ナチス・ドイツもナンシーをつかまえようとします。ひみつ警察《けいさつ》の〈ゲシュタポ〉は、指名手配《しめいてはい》リストのいちばん最初《さいしょ》にナンシーの名前《なまえ》をのせました。それでも、いつもナンシーにうらをかかれて、逃《に》げられてしまうのです。ナンシーには〈白《しろ》ネズミ〉というあだながつきました。どうしてもつかまえることができなかったからです。

ナンシーは戦場《せんじょう》でたたかうこともとくいでした。射撃《しゃげき》がばつぐんにじょうずで、おじけづくことがありません。ドイツ軍《ぐん》に急《きゅう》におそわれたときも、死《し》んでしまったリーダーのかわりになってグループをまとめ、だれよりも冷静《れいせい》に敵《てき》のようすを観察《かんさつ》し、それ以上《いじょう》の死者《ししゃ》やけが人《にん》が出《で》ないように、いったん引《ひ》きさがることにしたのです。

戦争《せんそう》がおわって、フランスがようやくナチス・ドイツの支配《しはい》から解放《かいほう》されると、ナンシーはそのかつやくをたたえられて、イギリスからジョージ勲章《くんしょう》をおくられました。それだけではなく、フランスでは最高《さいこう》のめいよとされるレジオンドヌール勲章《くんしょう》を受章《じゅしょう》し、アメリカからも自《じ》由勲章《ゆうくんしょう》をおくられました。

1912年《ねん》8月《がつ》30日《にち》—2011年《ねん》8月《がつ》7日《にち》

ニュージーランド

「ちょっと待《ま》ってよ、連合軍《れんごうぐん》がわたしを
パラシュートでフランスにおくりこんだのは、
現地《げんち》の男《おとこ》たちにベーコンエッグをこしらえて
あげるためだった、なんてわけないでしょ？」
ナンシー・ウェイク

ニーナ・シモン

NINA SIMONE

歌手《かしゅ》

ニーナは才能《さいのう》にめぐまれた、ほこり高《たか》い女《おんな》の子《こ》でした。お母《かあ》さんといっしょに教会《きょうかい》に行《い》くと、だれにも気《き》づかれないうちにオルガンのいすによじのぼり、いつのまにか「神《かみ》ともにいましまして」という讃美歌《さんびか》をひけるようになっていました。まだ、たった三歳《さんさい》だったというのに。

　五歳《ごさい》になったとき、お母《かあ》さんのやといぬしの人《ひと》がピアノのレッスン料《りょう》を出《だ》してくれることになり、ニーナはクラシックのピアニストになる勉強《べんきょう》をはじめます。ニーナはだれよりも練習熱《れんしゅうねつ》心《しん》で、だれよりも才能《さいのう》にめぐまれていました。

　十二歳《じゅうにさい》のとき、はじめてコンサートをひらきました。お父《とう》さんとお母《かあ》さんは観客席《かんきゃくせき》のいちばん前《まえ》の席《せき》にすわりました。ところが、あとから白人《はくじん》がやってくると、その人《ひと》たちに席《せき》をゆずるよう命令《めいれい》されて、無理《むり》やりうしろのほうにいどうさせられてしまいました。お父《とう》さんとお母《かあ》さんがいちばん前《まえ》の席《せき》にもどってくるまで、ニーナはピアノをひこうとしませんでした。ニーナは情熱《じょうねつ》とほこりをかけてえんそうしているのです。それなのに人種差別《じんしゅさべつ》なんてゆるせません。

ニーナは黒人《こくじん》にもほこりをもってほしいと思《おも》っていました。自由《じゆう》に、だれからもいじわるなことをいわれることなく、自分《じぶん》の才能《さいのう》と情熱《じょうねつ》を生《い》かせるようになってほしいのです。

　だから、その思《おも》いを歌《うた》にしました。人種差別《じんしゅさべつ》があるために、黒人《こくじん》がどんなにくるしんでいるか、ニーナはよく知《し》っていたからこそ、自分《じぶん》の歌《うた》を聞《き》くことで元気《げんき》をだしてほしいとねがったのです。

「人種差別《じんしゅさべつ》のようなへんけんのいちばんよくないところは、差別《さべつ》をされてきずついたり、腹《はら》を立《た》てたり、そんなふうに感情《かんじょう》を大《おお》きくゆさぶられているあいだに、自信《じしん》をうしなってしまうことなの。もしかして、わたしがおとっているからそうされて当《あ》たり前《まえ》なんじゃないかって思《おも》いはじめてしまうことなの」

　もちろんニーナにだって、こわいと思《おも》う気持《きも》ちはありました。でも、そんな気持《きも》ちを意識《いしき》してちぢこまって生《い》きるよりも、自分《じぶん》のもっている才能《さいのう》をのばしていくことにしたのです。そうして、世界中《せかいじゅう》で人気《にんき》のある、有名《ゆうめい》なジャズ・シンガーになりました。

1933年《ねん》2月《がつ》21日《にち》—2003年《ねん》4月《がつ》21日《にち》

アメリカ

ILLUSTRATION BY
T.S. ABE

「わたしにとっての自由《じゆう》とはなにか、おしえてあげる。
こわいと思《おも》わなくていいことよ」
ニーナ・シモン

ネッティー・スティーヴンス

NETTIE STEVENS

遺伝子《いでんし》の研究者《けんきゅうしゃ》

昔《むかし》

むかし、ぜったいに科学者《かがくしゃ》になりたいと心《こころ》に決《き》めていた学校《がっこう》の先生《せんせい》がいました。ネッティー・スティーヴンスという女《おんな》の人《ひと》です。

その夢《ゆめ》をかなえるため、ネッティーはできるだけせつやくしてお金《かね》をためて、三十五歳《さんじゅうごさい》のときにカリフォルニアにひっこし、スタンフォード大学《だいがく》に入《はい》りました。

勉強《べんきょう》をしているうちに、ネッティーは、どうして男《おとこ》の子《こ》は男《おとこ》の子《こ》になり、女《おんな》の子《こ》は女《おんな》の子《こ》になるのか、そのなぞをといてみたいと思《おも》うようになりました。

かぎをにぎっているのは、細胞《さいぼう》にちがいない、とネッティーは考《かんが》えました。

このなぞは、二千年《にせんねん》ちかくも前《まえ》から、たくさんの人《ひと》たちが関心《かんしん》をもってきたことです。このなぞをときあかすため、科学者《かがくしゃ》や哲学者《てつがくしゃ》はいろいろな説《せつ》を立《た》ててきました。父親《ちちおや》の体温《たいおん》によって決《き》まるという人《ひと》もいれば、栄養状態《えいようじょうたい》と関係《かんけい》があるという人《ひと》もいます……そう、じつは、だれにもわかっていなかったのです。ほんのてがかりさえも。

どうにかしてこのなぞをときあかそうと、ネッティーはゴミムシダマシという虫《むし》の幼虫《ようちゅう》をえらんで研究《けんきゅう》してみることにしました。

幼虫《ようちゅう》の細胞《さいぼう》を、顕微鏡《けんびきょう》で何時間《なんじかん》もかけてしらべたけっか、ネッティーはあるひとつの重大《じゅうだい》なことに気《き》づきます。生物《せいぶつ》の細胞《さいぼう》の核《かく》の中《なか》には、その生物《せいぶつ》を形《かたち》づくったり、生《い》きていくためにひつようなじょうほうが染色体《せんしょくたい》という形《かたち》で入《はい》っています。ゴミムシダマシの幼虫《ようちゅう》の細胞《さいぼう》を観察《かんさつ》したところ、メスの幼虫《ようちゅう》には二十本《にじゅっぽん》の長《なが》い染色体《せんしょくたい》があるのに、オスのほうには長《なが》い染色体《せんしょくたい》は十《じゅう》九本《きゅうほん》しかなくて、のこりの一本《いっぽん》は短《みじか》いのです。

「これよ、これだわ！」顕微鏡《けんびきょう》をのぞきこんだまま、ネッティーはさけびました。

ちょうど同《おな》じころ、エドマンド・ウィルソンという科学者《かがくしゃ》も同《おな》じような発見《はっけん》をしましたが、それが重要《じゅうよう》なことだとは気《き》づきませんでした。男《おとこ》になるか、女《おんな》になるかは、かんきょうに関係《かんけい》がある、とウィルソンは考《かんが》えていたのです。

でも、ネッティーはいいました。「ちがうわ。それは染色体《せんしょくたい》が決《き》めるのよ」

そして、それが正《ただ》しかったのです。

1861年《ねん》7月《がつ》7日《にち》―1912年《ねん》5月《がつ》4日《にち》

アメリカ

ILLUSTRATION BY
BARBARA DZIADOSZ

「わたしが生物学《せいぶつがく》への情熱《じょうねつ》をうしなわないかぎり、
学生《がくせい》からの質問《しつもん》はだいかんげいです。
死《し》ぬまでかんげいできるといいなと思《おも》ってるわ」
ネッティー・スティーヴンス

ネリー・ブライ

NELLIE BLY

記者《きしゃ》

ペンシルベニア州《しゅう》のとある町《まち》に、ネリーという女《おんな》の子《こ》がいました。お父《とう》さんがなくなると、一家《いっか》は生活《せいかつ》にこまるようになったので、ネリーはお母《かあ》さんを助《たす》けるために学校《がっこう》をやめて、仕事《しごと》をさがすことにしました。

ある日《ひ》のこと、地元《じもと》の新聞《しんぶん》を読《よ》んでいたネリーは、こんな記事《きじ》を見《み》つけました。「女《おんな》の人《ひと》にむいていること」という記事《きじ》です。仕事《しごと》をしている女《おんな》の人《ひと》は〝かいぶつ〟になる、と書《か》いてあるではありませんか。ネリーは、もうれつに腹《はら》が立《た》ったので、新聞社《しんぶんしゃ》の編集者《へんしゅうしゃ》に手紙《てがみ》を書《か》きました。なんでおこっているのか、熱意《ねつい》をこめて説明《せつめい》したのです。その手紙《てがみ》にたいへん感心《かんしん》した編集者《へんしゅうしゃ》は、記者《きしゃ》の仕事《しごと》をしてみないか、とネリーをさそいました。

記者《きしゃ》になったネリーはまもなく、世《よ》の中《なか》の正《ただ》しくないことを自分《じぶん》ひとりで、てっていてきに調査《ちょうさ》して記事《きじ》にする、ゆうかんな報道記者《ほうどうきしゃ》だとみとめられるようになります。やがてニューヨークにひっこして、『ニューヨーク・ワールド』という新聞《しんぶん》で仕事《しごと》をするようになりました。記事《きじ》を書《か》くために、あるとき、ネリーは心《こころ》の病《びょう》気《き》にかかったふりをして、精神病院《せいしんびょういん》に入院《にゅういん》しました。そこに入院《にゅういん》している人《ひと》たちが、どれほどひどいあつかいをうけているか、世《よ》の中《なか》の人《ひと》に知《し》ってもらうためでした。ネリーはおそれをしらず、かしこいだけではなく、とても思《おも》いやりのある人《ひと》だったのです。

新聞社《しんぶんしゃ》はそんなネリーに、ちょうせんをしてみないかともちかけます。ジュール・ヴェルヌが書《か》いた『八十日間世界一周《はちじゅうにちかんせかいいっしゅう》』という本《ほん》がひょうばんになっていたので「ネリーならもっと短《みじか》い日数《にっすう》で世界一周《せかいいっしゅう》できるのでは？」というのです。

ネリーはうけて立《た》ちました。旅《たび》のしたくは小《ちい》さなバッグひとつだけ。あっというまにニューヨーク港《こう》から汽船《きせん》にのって、世界一周《せかいいっしゅう》の旅《たび》に出《しゅっ》発《ぱつ》しました。船《ふね》や汽車《きしゃ》をのりつぎ、ときにはロバにのって、へとへとになりながらもともかく先《さき》を急《いそ》ぎました。ネリーのちょうせんが成功《せいこう》するか、失敗《しっぱい》におわるか、かけをする人《ひと》たちもあらわれました。そして、七十二日間《ななじゅうににちかん》と六時間《ろくじかん》と十一分《じゅういっぷん》がたったとき、ネリーはニューヨークにもどってきました。見事《みごと》やりとげたのです！

1864年《ねん》5月《がつ》5日《にち》—1922年《ねん》1月《がつ》27日《にち》

アメリカ

「自分《じぶん》の心《こころ》から出《で》てきたのではないことばは、ただのひとことたりとも書《か》いたことがありません。これからも、ぜったいにないわ」

ネリー・ブライ

ハトシェプスト

HATSHEPSUT

ファラオ（古代《こだい》エジプト王《おう》）

クレオパトラよりもずっと昔《むかし》、二十五年《にじゅうごねん》もの長《なが》きにわたり、エジプトをおさめた女《おんな》の人《ひと》がいました。名前《なまえ》をハトシェプストといいます。はじめての女《おんな》のファラオになりました。ファラオというのは古代《こだい》エジプトの王《おう》のことです。

そのころは女《おんな》の人《ひと》が王《おう》になるなんて変《へん》だと思《おも》われていたので、ハトシェプストは、れっきとした王《おう》であるとみとめてもらうために、男《おとこ》のようにふるまわなければなりませんでした。自分《じぶん》は女王《じょおう》ではなく王《おう》だとせんげんし、名前《なまえ》の最後《さいご》の部分《ぶぶん》をけして、男《おとこ》の名前《なまえ》にしてしまいました。さらに男《おとこ》の服《ふく》を着《き》て、にせもののあごひげをつけることまであったのです！

ハトシェプストはエジプトのどのファラオよりも長《なが》く、じょうずに国《くに》をおさめました。その治世《ちせい》は平和《へいわ》で、芸術《げいじゅつ》、けんちく、通商《つうしょう》がさかえました。それなのに女《おんな》だからみとめられなかったのです。ハトシェプストの死《し》から二十年《にじゅうねん》がすぎたとき、ハトシェプストがいなかったことにしようと考《かんが》えた人《ひと》たちがいました。ハトシェプストの像《ぞう》はこなごなにたたきこわされ、しんでんの柱《はしら》やかべ、記念《きねん》の建物《たてもの》などにあるハトシェプストのうきぼりや名前《なまえ》はすべてけずりとられました。

なぜそんなことをしたのでしょう？　それは人《ひと》びとが、女《おんな》のファラオをみとめるのがこわかったからです。ハトシェプストがりっぱにつとめをはたしたのを見《み》たほかの女《おんな》の人《ひと》たちも力《ちから》をほしがったらどうしよう、と不安《ふあん》に思《おも》ったのでしょう。

けれどもさいわいなことに、石《いし》にきざまれたハトシェプストの名声《めいせい》をかんぜんにけすことはできませんでした。

じゅうぶんなしょうこがのこっているので、考古学者《こうこがくしゃ》たちがそれをつなぎ合《あ》わせて、ハトシェプストがどのように生《い》きて、どんなはたらきをしたか、その一生《いっしょう》がわかりました。

ハトシェプストのミイラは、すてきなかおりをつけたじゅし（木《き》の皮《かわ》からとれるねばねばしたもの）をつめ、リンネルという布《ぬの》につつまれて、元《もと》のおはかとは別《べつ》の場所《ばしょ》にかくされていました。何年《なんねん》か前《まえ》に、〈王家《おうけ》の谷《たに》〉というところでそれが見《み》つかったのです。

紀元前《きげんぜん》1508年《ねん》ごろ—1458年《ねん》ごろ

エジプト

「わたしはほろびたものをよみがえらせた。
はかいされたものをたてなおした」
ハトシェプスト

ハリエット・タブマン

HARRIET TUBMAN

どれい解放活動家《かいほうかつどうか》

ある日《ひ》、女《おんな》の子《こ》が食料品店《しょくりょうひんてん》の前《まえ》に立《た》っていると、その横《よこ》を黒人《こくじん》の男《おとこ》の人《ひと》が走《はし》っていきました。それをおいかけてきた白人《はくじん》の男《おとこ》の人《ひと》が、大声《おおごえ》でいいました。「つかまえてくれ！　そいつはうちのどれいなんだ！」白人《はくじん》の男《おとこ》の人《ひと》は、どれいかんとくでした。

女《おんな》の子《こ》はなにもしませんでした。この女《おんな》の子《こ》はハリエットという名前《なまえ》で、十二歳《じゅうにさい》で、自分《じぶん》も黒人《こくじん》どれいだったのです。ハリエットは、あの男《おとこ》の人《ひと》がぶじに逃《に》げられますようにとねがいました。逃《に》げるのをてつだってあげたいとも思《おも》いました。

そのとき、どれいかんとくが、逃《に》げた男《おとこ》の人《ひと》にむかって鉄《てつ》のおもりをなげつけました。ねらいがはずれて、おもりはハリエットの頭《あたま》にあたりました。ひどいけがでしたが、ハリエットのもじゃもじゃのかみの毛《け》がしょうげきをうけとめてくれたおかげで、なんとか命《いのち》は助《たす》かりました。「それまで一度《いちど》もかみをとかしたことがなかったから、まるでかごをかぶっているようだったの」と、ハリエットはいっています。

数年後《すうねんご》、ハリエットの主人《しゅじん》は、ハリエットを売《う》ることに決《き》めました。ハリエットは逃《に》げだそうと決心《けっしん》しました。

昼間《ひるま》はかくれていて、夜《よる》になったら歩《ある》きました。州《しゅう》のさかいをこえて、どれいせいどをみとめていないペンシルベニア州《しゅう》に入《はい》ったとき、ハリエットは、生《う》まれてはじめて自由《じゆう》になったのだと実感《じっかん》しました。「自由《じゆう》になったわたしは、今《いま》までと同《おな》じ人間《にんげん》なのだろうかと、自分《じぶん》の手《て》を見《み》ました。そこらじゅうに神《かみ》の栄光《えいこう》がみちており、まるで天国《てんごく》にいるようだと思《おも》いました」

ハリエットは逃《に》げだしたどれいのことや、メリーランド州《しゅう》でまだどれいのままの自分《じぶん》の家族《かぞく》のことを考《かんが》えました。わたしが助《たす》けなければ。

それからの十一年間《じゅういちねんかん》、ハリエットは十九回《じゅうきゅうかい》もきけんをおかして南部《なんぶ》にもどり、自分《じぶん》の家族《かぞく》もふくめて三百人以上《さんびゃくにんいじょう》のどれいを助《たす》けました。どれい所有者《しょゆうしゃ》たちは腹《はら》を立《た》てて、ハリエットの首《くび》にけんしょう金《きん》をかけました。

それでもハリエットは一度《いちど》もつかまることなく、ひとりのこらず安全《あんぜん》な場所《ばしょ》までおくりとどけたのです。

1822年《ねん》ごろ—1913年《ねん》3月《がつ》10日《にち》

アメリカ

ILLUSTRATION BY
SALLY NIXON

「……わたしがたたかえるように、つよく、
かしこくしてくださいと神《かみ》さまにいのりました。
それからずっと、同《おな》じことをいのりつづけています」
ハリエット・タブマン

バルキッサ・シェブー

BALKISSA CHAIBOU

活動家《かつどうか》

あるところに、お医者《いしゃ》さんになりたい女《おんな》の子《こ》がいました。その子《こ》はバルキッサといって、勉強《べんきょう》がとてもよくできました。ある日《ひ》バルキッサは、となりの国《くに》に住《す》むおじさんが、自分《じぶん》の息子《むすこ》のひとりとバルキッサを結婚《けっこん》させると決《き》めたことを知《し》りました。

バルキッサはぞっとしました。「むりやり結《けっ》婚《こん》させられるなんていや！　わたしはお医者《いしゃ》さんになりたいの」

けれどもバルキッサの国《くに》では、親《おや》はむすめがまだ子《こ》どものうちに結婚《けっこん》させてもいいことになっています。さらに部族《ぶぞく》のしきたりで、おじさんは自分《じぶん》の弟《おとうと》であるバルキッサのお父《とう》さんの子《こ》どもたちのことに口出《くちだ》しできたのです。

バルキッサは両親《りょうしん》にたのみました。「あと五《ご》年間《ねんかん》だけ、学校《がっこう》にかよわせて」

両親《りょうしん》は、結婚《けっこん》をのばすことをゆるしてくれました。でも五年《ごねん》たつと、バルキッサはますます勉強《べんきょう》がすきになっていました。結婚式《けっこんしき》の前《まえ》の晩《ばん》、バルキッサは家《いえ》をぬけだし、ちかくの警察《けいさつ》に助《たす》けをもとめました。警察《けいさつ》のしょうかいでシェルターにほごされたバルキッサは、むりやり結婚《けっこん》させようとしているおじさんを裁判所《さいばんしょ》にうったえました。

こんなことをして、家族《かぞく》みんなにきらわれてしまうかもしれない、と心配《しんぱい》でしたが、お母《かあ》さんは、こっそりおうえんしてくれました。

裁判官《さいばんかん》はバルキッサの言《い》い分《ぶん》をみとめました。おじさんといとこたちは、牢屋《ろうや》に入《い》れられるのをおそれて、自分《じぶん》たちの国《くに》に帰《かえ》っていきました。

「裁判《さいばん》に勝《か》った日《ひ》は、人生《じんせい》でいちばんすばらしい日《ひ》でした。うちに帰《かえ》って、学校《がっこう》の制服《せいふく》を着《き》たとき、まるで生《う》まれかわったような気《き》がしました」

バルキッサは今《いま》、お医者《いしゃ》さんになるために大《だい》学《がく》でいっしょうけんめい勉強《べんきょう》しています。また、女《おんな》の子《こ》たちに自分《じぶん》の経験《けいけん》を話《はな》して、「むりやり結婚《けっこん》させられそうになったらいやだというのよ」と伝《つた》える活動《かつどう》をしています。たくさんの学《がっ》校《こう》に行《い》ったり、部族長《ぶぞくちょう》たちに会《あ》って、この問題《もんだい》について話《はな》しています。

「いっしょうけんめい勉強《べんきょう》しましょう。楽《らく》な道《みち》ではないけれど、それがただひとつの希望《きぼう》なのよ」

1995年《ねん》—

ニジェール

ILLUSTRATION BY
PRIYA KURIYAN

「自分《じぶん》の人生《じんせい》でなにができるか、
みんなに見《み》てもらうつもり」
バルキッサ・シェブー

ヒュパティア

HYPATIA

数学者《すうがくしゃ》／哲学者《てつがくしゃ》

昔《むかし》

むかし、古代《こだい》エジプトのアレクサンドリアという町《まち》に、とても大《おお》きな図《と》書館《しょかん》がありました。世界一《せかいいちおお》大きな図《と》書館《しょかん》でしたが、この図書館《としょかん》には本《ほん》は一冊《いっさつ》も、紙《かみ》は一枚《いちまい》もありませんでした。そのころの人《ひと》びとは、植物《しょくぶつ》からつくったパピルスに文字《もじ》を書《か》き、それをくるくるとまいていました。今《いま》のような、たいらな本《ほん》はなかったのです。かわりにこの図《と》書館《しょかん》には、まきものが数千本《すうせんぼん》もありました。書《しょ》記《き》が一文字《いちもじ》ずつ手《て》で書《か》いたもので、大切《たいせつ》にたなにおかれていました。

アレクサンドリアのこの図書館《としょかん》に、お父《とう》さんとむすめがならんですわり、いっしょにまきものを読《よ》んでいました。ふたりは哲学《てつがく》、数学《すうがく》、科《か》学《がく》を研究《けんきゅう》していました。

お父《とう》さんの名前《なまえ》はテオン、むすめの名前《なまえ》はヒュパティアといいます。

ヒュパティアは数学《すうがく》のほうていしきをとき、図形《ずけい》の性質《せいしつ》や計算《けいさん》の決《き》まりについて新《あたら》しい考《かんが》えを思《おも》いつきました。数学《すうがく》がだいすきだったので、自分《じぶん》でも本《ほん》を（おっと！　まきものでしたね！）書《か》くようになりました。また、アストロラーベという、太陽《たいよう》、月《つき》、星《ほし》の位置《いち》をいつでも計算《けいさん》でみちびきだせる道具《どうぐ》を発明《はつめい》しました。

ヒュパティアは学校《がっこう》で天文学《てんもんがく》をおしえていました。ヒュパティアのじゅぎょうはとても人気《にんき》がありました。生徒《せいと》も、ほかの学者《がくしゃ》たちも、みんなヒュパティアの話《はなし》を聞《き》きたがって、おおぜいが教室《きょうしつ》につめかけました。ヒュパティアは、昔《むかし》ながらの女《おんな》の人《ひと》の服《ふく》ではなく、ほかの先生《せんせい》たちと同《おな》じ学者《がくしゃ》の服《ふく》を着《き》て、じゅぎょうをおこないました。

ヒュパティアは歴史上《れきしじょう》、名前《なまえ》の知《し》られた最初《さいしょ》の女性科学者《じょせいかがくしゃ》です。なぜ数学《すうがく》ばかりしていて結《けっ》婚《こん》しようとしないのかときかれて、「わたしは真理《しんり》と結婚《けっこん》している」とこたえたといいます。

ざんねんなことに、あるときアレクサンドリアの図書館《としょかん》が火事《かじ》でやけてしまったせいで、ヒュパティアの学問《がくもん》の記録《きろく》はなくなってしまいました。でもさいわいなことに、生徒《せいと》たちがヒュパティアのことや、ヒュパティアの考《かんが》えについて書《か》いた手紙《てがみ》をおくりあっていたので、今《いま》のわたしたちも、このアレクサンドリアの天才《てんさい》について知《し》ることができたのです。

370年《ねん》ごろ—415年《ねん》3月《がつ》8日《にち》

ギリシア

ILLUSTRATION BY
RIIKKA SORMUNEN
「考《かんが》える権利《けんり》を大切《たいせつ》にまもりなさい。
考《かんが》えがまちがっていたとしても、
なにも考《かんが》えないよりはましだからです」
ヒュパティア

ヒラリー・ロダム・クリントン

HILLARY RODHAM CLINTON

大統領候補《だいとうりょうこうほ》

かつて、男《おとこ》の子《こ》だけがなりたいものになれる時代《じだい》がありました。たとえば野球選手《やきゅうせんしゅ》、お医者《いしゃ》さん、裁判官《さいばんかん》、警《けい》察官《さつかん》、大統領《だいとうりょう》などです。

そのころ、アメリカのイリノイ州《しゅう》のシカゴという町《まち》で女《おんな》の子《こ》が生《う》まれて、ヒラリーと名《な》づけられました。

ヒラリーは勇気《ゆうき》いっぱいで、なんにでも興味《きょうみ》をもつ、ぶあついめがねをかけた金髪《きんぱつ》の女《おんな》の子《こ》でした。どんどんそとに出《で》ていろいろなものを見《み》たかったのに、近所《きんじょ》のらんぼうな男《おとこ》の子《こ》たちにわらわれたり、悪口《わるぐち》をいわれたりして、でかけるのがこわくなってしまいました。

あるとき、お母《かあ》さんはヒラリーが家《いえ》の中《なか》にかくれているのを見《み》つけました。「ヒラリー、おもてに出《で》ていって、男《おとこ》の子《こ》たちと対決《たいけつ》しなさい。でないと、たたかわずにいじめっ子《こ》たちに勝《か》たせることになるのよ」

だからヒラリーはそとに出《で》ていきました。いじめっ子《こ》たちとのたたかい方《かた》を学び、やがて自《じ》分《ぶん》のほかにも、たたかっている人《ひと》たちがいることに気《き》がつきました。肌《はだ》の色《いろ》のせいで不利《ふり》なあつかいをうけている人《ひと》たちは人種差別《じんしゅさべつ》とたたかっています。シングルマザーの人《ひと》たちは子《こ》どもを育《そだ》てるためにまずしさとたたかっています。ヒラリーはそういう人《ひと》たちの話《はなし》を聞《き》いて、どうしたら力《ちから》になれるだろうといっしょうけんめい考《かんが》えました。

正義《せいぎ》を実現《じつげん》するのにいちばんのたたかい方《かた》は、政治家《せいじか》になることだとヒラリーは考《かんが》えました。アメリカの人《ひと》たちは、それまで女性《じょせい》の政治家《せいじか》なんてあまり見《み》たことがなかったので、かみがたや、声《こえ》や、服《ふく》の色《いろ》など、つまらない理由《りゆう》でヒラリーはだめだといいました。ヒラリーをいじめて政治《せいじ》の世界《せかい》からおいだそうとしたのです。でもヒラリーは、前《まえ》にいじめっ子《こ》とのたたかい方《かた》を学《まな》んでいたので、そんなことに負《ま》けたりしませんでした。

大統領《だいとうりょう》をめざし、長《なが》い選挙戦《せんきょせん》をたたかいぬいて、女《おんな》の人《ひと》ではじめて、民主党《みんしゅとう》の大統領候補《だいとうりょうこうほ》に指名《しめい》されました。

かつて、女《おんな》の子《こ》がなりたいものになれなかった時代《じだい》がありました。でも、その時代《じだい》はもうおわったのです。

1947年《ねん》10月《がつ》26日《にち》—

アメリカ

ILLUSTRATION BY
JUSTINE LECOUFFE

「大《おお》きな夢《ゆめ》をもつ女《おんな》の子《こ》たちに、わたしはこういってあげたい。
そうよ、あなたはなんでもなりたいものになれる
──大統領《だいとうりよう》にもなれるのだと」
ヒラリー・ロダム・クリントン

ファドゥーモ・ダイーブ

FADUMO DAYIB

政治家《せいじか》

おさないころから、戦争《せんそう》から逃《に》げつづけるくらしをしてきた女《おんな》の子《こ》がいました。その女《おんな》の子《こ》、ファドゥーモと家族《かぞく》は、戦《たたか》いにまきこまれないようにつぎつぎと住《す》むところを変《か》えました。そのせいでファドゥーモは、ずっと学校《がっこう》にかようことができませんでした。十四歳《じゅうよんさい》になるまで読《よ》み書《か》きをおそわらなかったのです。

　ある日《ひ》、お母《かあ》さんがいいました。「あなたはこの国《くに》を出《で》なさい。弟《おとうと》と妹《いもうと》をつれて、早《はや》く！」ファドゥーモはお母《かあ》さんのいうとおりだと思《おも》いました。戦争《せんそう》であれたソマリアは、子《こ》どもにとって、世界《せかい》でいちばんあぶない場所《ばしょ》だったからです。お母《かあ》さんたちはもちものを売《う》りはらって、ファドゥーモたちが逃《に》げるためのお金《かね》を用意《ようい》してくれました。

　ファドゥーモたちは、難民《なんみん》としてフィンランドにたどりつきました。そこでは、平和《へいわ》で民主《みんしゅ》的《てき》な国《くに》の子《こ》どもたちと同《おな》じくらしをすることができました。家《いえ》もベッドもあります。毎日《まいにち》食《た》べるものもあります。あそぶことも、学校《がっこう》へ行《い》くこともできます。こうげきをうけることもなく、病気《びょうき》になれば、ただでお医者《いしゃ》さんにみてもらえます。

　でも、ファドゥーモはソマリアのことをわすれませんでした。

　いつかソマリアにもどって、みんなが自由《じゆう》と平和《へいわ》をとりもどすのをてつだうために、できるだけいろいろなことを勉強《べんきょう》したいと思《おも》いました。ファドゥーモは大学《だいがく》で行政学《ぎょうせいがく》など三《みっ》つの学問《がくもん》をおさめました。国際連合《こくさいれんごう》ではたらいたときには、フィンランドに家族《かぞく》をのこして、ソマリアじゅうに母子《ははこ》のための病院《びょういん》をつくるてつだいをしました。

「わたし自身《じしん》がソマリアに行《い》く必要《ひつよう》があるの」

ファドゥーモは夫《おっと》にいいました。

　ファドゥーモは、ソマリアではじめての、女《じょ》性《せい》の大統領候補《だいとうりょうこうほ》になりました。ソマリアではこれまで、大統領《だいとうりょう》にりっこうほした女性《じょせい》はひとりもいませんでした。それはとてもきけんなことだからです。でもファドゥーモはまよいません。

「いつも母《はは》はいっていました。『あなたはその手《て》に、かぎりないかのうせいをにぎっているのよ』って。本当《ほんとう》に、そのとおりです」

1972年《ねん》—

ソマリア

「わたしたちは生《い》きることを、
これ以上《いじょう》かけひきの材料《ざいりょう》にはしない」
ファドゥーモ・ダイーブ

フリーダ・カーロ

FRIDA KAHLO

画家《がか》

昔《むかし》

むかし、メキシコシティちかくの、あざやかな青《あお》い家《いえ》に、フリーダという女《おんな》の子《こ》が住《す》んでいました。フリーダは大《おお》きくなって、二十世紀《にじゅっせいき》でもっとも有名《ゆうめい》な画家《がか》のひとりになるのですが、あやうく大《おお》きくなれなかったかもしれなかったのです。

六歳《ろくさい》のときには、ポリオという病気《びょうき》で命《いのち》をおとしそうになりました。病気《びょうき》はなおりましたが、フリーダは一生足《いっしょうあし》をひきずるようになってしまいました。それでもフリーダは、ほかの子《こ》どもと変《か》わらず、あそんだり、およいだり、とっくみあいのけんかをしたりしていました。

十八歳《じゅうはっさい》のときには、今度《こんど》はバスにのっていて大《おお》きなじこにまきこまれました。また命《いのち》をおとしかけて――また何《なん》か月《げつ》ものあいだ、ねたきりになってしまいました。お母《かあ》さんは、フリーダが横《よこ》になったままでも絵《え》をかけるように、特別《とくべつ》なイーゼルをつくってくれました。フリーダはほかのどんなことより、絵《え》をかくことがだいすきだったからです。

やがて歩《ある》けるようになると、メキシコを代表《だいひょう》する有名《ゆうめい》な画家《がか》、ディエゴ・リベラに会《あ》いにいって、自分《じぶん》の作品《さくひん》を見《み》せました。「わたしの絵《え》は見《み》こみがあるでしょうか？」フリーダはディエゴにたずねました。フリーダの絵《え》は、力《ちから》づよく、あざやかで、うつくしい、見事《みごと》なものでした。ディエゴはフリーダの絵《え》にむちゅうになり、そしてりんとしたまなざしをもつフリーダにむちゅうになりました。

ディエゴとフリーダは結婚《けっこん》しました。ディエゴは体《からだ》の大《おお》きな人《ひと》で、結婚式《けっこんしき》の日《ひ》にはつばの大《おお》きいやわらかいぼうしをかぶっていました。ふたりでならぶと、フリーダはとても小《ちい》さく見《み》えました。「ゾウとハトの結婚《けっこん》」のようだといわれたくらいです。

フリーダは、自分《じぶん》をかいたうつくしい自画像《じがぞう》をなん百枚《びゃくまい》ものこしました。かっている動物《どうぶつ》や鳥《とり》にかこまれている絵《え》もたくさんありました。「わたしが自分《じぶん》をえがくのは、それがわたしのいちばんよく知《し》っているテーマだからです」と、フリーダはいっていました。

フリーダが子《こ》どものころ住《す》んでいたあざやかな青《あお》い家《いえ》は、フリーダがいたときのまま、今《いま》も色《いろ》とよろこびと花《はな》であふれています。

1907年《ねん》7月《がつ》6日《にち》—1954年《ねん》7月《がつ》13日《にち》

メキシコ

ILLUSTRATION BY
HELENA MORAIS SOARES
「足《あし》なんて必要《ひつよう》かしら、わたしには
空《そら》をとぶつばさがあるというのに？」
フリーダ・カーロ

ブレンダ・チャップマン

BRENDA CHAPMAN

映画《えいが》監督《かんとく》

あるところに、絵《え》をかくことがだいすきな、赤毛《あかげ》で巻《ま》き毛《げ》の女《おんな》の子《こ》がいました。その子《こ》はブレンダという名前《なまえ》でした。

ブレンダは十五歳《じゅうごさい》のとき、〈ウォルト・ディズニー・アニメーションスタジオ〉に電話《でんわ》をかけました。「わたしは絵《え》が得意《とくい》なんです。やとってもらえませんか?」すると、「ちゃんと絵《え》の勉強《べんきょう》をして、大《おお》きくなったらまた電話《でんわ》しておいで」といわれました。

ブレンダはがんばりました。カリフォルニア芸術大学《げいじゅつだいがく》でアニメーションの勉強《べんきょう》をして、数年《すうねん》後《ご》に、小《ちい》さいころからの夢《ゆめ》だった仕事《しごと》につきました。ロサンゼルスで、ディズニーのアニメーション映画《えいが》をつくるのです。

ところでブレンダは、はたらきはじめてから、女性《じょせい》のアニメーターがすごく少《すく》ないということに気《き》がつきました。

「それでわかったの。どうしてディズニー映画《えいが》のプリンセスが自分《じぶん》ではなにもできないで、いつもだれかに助《たす》けてもらうのか。男《おとこ》の人《ひと》たちが考《かんが》えたプリンセスだからよ」ブレンダは、まったく新《あたら》しいプリンセスをつくろうと心《こころ》にちかいました。つよくて、だれかにたよらなくても平《へい》気《き》で、勇敢《ゆうかん》なプリンセスを!

ブレンダが監督《かんとく》をつとめたアニメーション映《えい》画《が》『メリダとおそろしの森《もり》』に出《で》てくる王女《おうじょ》メリダは、なにもできないプリンセスではありません。弓《ゆみ》が得意《とくい》で、馬《うま》をとばし、クマをやっつけて、すごい冒険《ぼうけん》をします。ブレンダは、つよくて自由《じゆう》な心《こころ》をもつむすめのエマをモデルに、メリダを生《う》みだしました。「エマはわたしのメリダなの……すばらしい子《こ》よ」

ブレンダは『メリダとおそろしの森《もり》』で、アメリカでもっともめいよな映画《えいが》の賞《しょう》である、アカデミー賞《しょう》とゴールデン・グローブ賞《しょう》にかがやきました。

ブレンダはそのほかにもたくさんのアニメーション映画《えいが》の制作《せいさく》にかかわっています。『美女《びじょ》と野獣《やじゅう》』、『リトル・マーメイド』、『ライオン・キング』。また、『プリンス・オブ・エジプト』では、ハリウッドの大手《おおて》スタジオがつくるアニメーション映画《えいが》で、女性《じょせい》としてはじめて監督《かんとく》をつとめました。

1962年《ねん》11月《がつ》1日《にち》—

アメリカ

ILLUSTRATION BY
T.S. ABE

「小《ちい》さなころからずっと絵《え》をかいていた――
だから絵《え》をかく仕事《しごと》をしたかったの」
ブレンダ・チャップマン

フローレンス・ナイチンゲール

FLORENCE NIGHTINGALE

看護師《かんごし》

昔《むかし》むかし、イタリアを旅行中《りょこうちゅう》のイギリス人《じん》のふうふに、女《おんな》の赤《あか》ちゃんが生《う》まれました。そこがとてもうつくしい町《まち》だったので、ふうふはむすめに、生《う》まれた町《まち》の名前《なまえ》をつけることにしました。こうして、その子《こ》はフローレンスと名《な》づけられました。

フローレンスは旅《たび》がだいすきでした。数学《すうがく》と科学《かがく》もだいすきでした。そして、じょうほうを集《あつ》めるのもだいすきでした。知《し》らない土地《とち》に行《い》くたびに、その町《まち》の人口《じんこう》、病院《びょういん》の数《かず》、町《まち》の面積《めんせき》をしらべて記録《きろく》しました。

数《かず》がおもしろくてしかたがなかったのです。

フローレンスは、はなやかな社交界《しゃこうかい》での生活《せいかつ》をけいけんしましたが、心《こころ》の中《なか》では、まずしい人《ひと》びとのためにはたらきたいという思《おも》いをつのらせていました。看護師《かんごし》になろうとしましたが、当時《とうじ》はまずしい女性《じょせい》の仕事《しごと》と見《み》られていたので、両親《りょうしん》のつよい反対《はんたい》にあいました。でもフローレンスは、自分《じぶん》の人生《じんせい》のもくてきは看護《かんご》に身《み》をささげることだと決意《けつい》していました。

フローレンスはけが人《にん》や病人《びょうにん》の手当《てあ》てを学《まな》び、看護師《かんごし》としてのせんもんちしきと技術《ぎじゅつ》を身《み》につけました。ゆうしゅうな看護師《かんごし》になったフローレンスは、イギリス政府《せいふ》から、トルコにある、けがをした兵士《へいし》の病院《びょういん》をまかされることになります。

トルコにつくと、フローレンスはすぐに手《て》に入《はい》るかぎりありったけのデータを集《あつ》めて、くわしくしらべはじめました。すると、おどろくべきことがわかりました。兵士《へいし》たちが死《し》ぬのは、たたかいでうけたけがのせいではなく、おもに病院内《びょういんない》がきたないせいできずがうんだり、病気《びょうき》がうつったりしたためだったのです。

「病院《びょういん》のいちばん大切《たいせつ》にすべきことは、かんじゃに害《がい》をあたえないということです」フローレンスはそういいました。

フローレンスは病院《びょういん》ではたらく人《ひと》たち全員《ぜんいん》に、ひんぱんに手《て》をあらって、なにもかもせいけつにしておくように指示《しじ》しました。夜《よる》になると、ランプをもって見《み》まわり、かんじゃに話《はな》しかけ、はげましました。

フローレンスのおかげで、たくさんの兵士《へいし》がぶじに国《くに》に帰《かえ》り、フローレンスは〝ランプをもつ婦人《ふじん》〟として有名《ゆうめい》になりました。

1820年《ねん》5月《がつ》12日《にち》—1910年《ねん》8月《がつ》13日《にち》

イギリス

ILLUSTRATION BY
DALILA ROVAZZANI

「わたしが成功《せいこう》したのは、
けっしていいわけをしなかったから。
そして、だれにもいいわけを
させなかったからです」
フローレンス・ナイチンゲール

ブロンテ姉妹《しまい》

THE BRONTË SISTERS

作家《さっか》

イギリスの北《きた》のほうの地方《ちほう》に、寒《さむ》くて暗《くら》い家《いえ》に住《す》んでいる三人《さんにん》の姉妹《しまい》がいました。

シャーロットとエミリーとアンは、ふだんは三人《さんにん》でくらしていて、しゅみで物語《ものがたり》や詩《し》をつくっていました。

あるときシャーロットは、有名《ゆうめい》なイギリス人《じん》の詩人《しじん》に自分《じぶん》のつくった詩《し》をおくって、「どう思《おも》いますか」ときいてみました。詩人《しじん》からの返事《へんじ》は、「わたしはあなたの詩《し》をすこしもいいとは思《おも》いません。文学《ぶんがく》は男《おとこ》がするものです！」というものでした。

シャーロットはそれでもへこたれずに、物語《ものがたり》や詩《し》を書《か》きつづけました。

ある日《ひ》の夜《よる》、シャーロットは、エミリーのつくえの上《うえ》にノートがひらいてあるのを見《み》つけました。シャーロットはそこに書《か》かれてあるものを読《よ》んで、エミリーにいいました。「どうして今《いま》まで、わたしたちに見《み》せてくれなかったの？　すばらしい詩《し》だわ」エミリーは、お姉《ねえ》さんがかってに自分《じぶん》の詩《し》を読《よ》んだことに腹《はら》を立《た》てました。

やがてエミリーのきげんがなおってから、シャーロットは妹《いもうと》たちにいいました。「三人《さんにん》でいっしょに詩《し》の本《ほん》をつくりましょう」エミリーとアンもさんせいしました。

みんなでがんばって本《ほん》を完成《かんせい》させたのですが、本《ほん》はたった二部《にぶ》しか売《う》れませんでした。それでも三人《さんにん》はやる気《き》をなくしたりせず、物語《ものがたり》や詩《し》をつくりつづけ、夕食《ゆうしょく》のときには自分《じぶん》たちの作品《さくひん》について話《はな》しあっていました。

三人《さんにん》はつぎに、それぞれ小説《しょうせつ》を書《か》きあげました。シャーロットの『ジェーン・エア』、エミリーの『嵐《あらし》が丘《おか》』、アンの『アグネス・グレイ』が同《おな》じ年《とし》にあいついで出版《しゅっぱん》され、大《おお》きなはんきょうをよびました。

世間《せけん》の人《ひと》びとは、いなかに住《す》んでいる姉妹《しまい》がこんなにすばらしい作品《さくひん》を書《か》いたなんて、信《しん》じられないといいました。そこで三人《さんにん》は、はるばるロンドンまででかけていって、自分《じぶん》たちが作者《さくしゃ》だとしょうめいしなくてはならなかったのです。

ブロンテ姉妹《しまい》の本《ほん》は、それからたくさんのことばにほんやくされ、世界中《せかいじゅう》の人《ひと》びとに読《よ》まれています。

シャーロット：1816年《ねん》4月《がつ》21日《にち》―1855年《ねん》3月《がつ》31日《にち》
エミリー：1818年《ねん》7月《がつ》30日《にち》―1848年《ねん》12月《がつ》19日《にち》、アン：1820年《ねん》1月《がつ》17日《にち》―1849年《ねん》5月《がつ》28日《にち》

イギリス

ILLUSTRATION BY
ELISABETTA STOINICH

「わたしは天使《てんし》ではありませんし、
死《し》ぬまで天使《てんし》にはなりません。
わたしはわたしです」
シャーロット・ブロンテ

ヘレン・ケラー

HELEN KELLER

活動家《かつどうか》

むかし、あるところに、ヘレンという名前《なまえ》の女《おんな》の子《こ》がいました。赤《あか》ちゃんのころ、病気《びょうき》で高《たか》い熱《ねつ》が出《で》たせいで、耳《みみ》が聞《き》こえなくなり、目《め》も見《み》えなくなってしまいました。音《おと》と光《ひかり》のない世界《せかい》にとじこめられたヘレンは、よくかんしゃくを起《お》こしてはゆかにねころがって足《あし》をばたばたさせ、金切《かなき》り声《ごえ》をあげていました。

お父《とう》さんとお母《かあ》さんはヘレンのかていきょうしとして、目《め》の不自由《ふじゆう》な子《こ》どものための特別《とくべつ》な学校《がっこう》から、アン・サリバンというわかくてゆうしゅうな先生《せんせい》をまねきました。サリバン先生《せんせい》はヘレンに、ことばと話《はな》すことをおしえたいと思《おも》いました。

けれども、サリバン先生《せんせい》は考《かんが》えこんでしまいました。人形《にんぎょう》が見《み》えない子《こ》どもは、どうすれば「人形《にんぎょう》」ということばを学《まな》べるだろう? だれかが「水《みず》」というのを聞《き》いたことがない子《こ》どもは、どうやって「水《みず》」と発音《はつおん》するのだろう?

サリバン先生《せんせい》は、手《て》の感覚《かんかく》を使《つか》ってヘレンにことばをおしえることにしました。ヘレンがお気《き》に入《い》りの人形《にんぎょう》をだきしめているとき、手《て》のひらに「人形《にんぎょう》」と書《か》きました。ヘレンの手《て》にながれる水《みず》をあてながら、反対《はんたい》の手《て》のひらに「水《みず》」と書《か》きました。するとヘレンははっとして、すべてのものには名前《なまえ》があるのだと気《き》づいたのです!

ヘレンはサリバン先生《せんせい》のくちびるに指《ゆび》をあて、ことばをいうときのくちびるのふるえをかんじとりました。そのふるえをまねることで、ゆっくりと、自分《じぶん》でもそのことばをいえるようになるのです。やがてヘレンは、はじめてことばを話《はな》せるようになりました。

ヘレンはもりあがった点《てん》の上《うえ》に指《ゆび》をすべらせて読《よ》む点字《てんじ》をおぼえました。それから、たくさんの外国語《がいこくご》もおぼえました。フランス語《ご》、ドイツ語《ご》、ギリシャ語《ご》、それにラテン語《ご》まで!

ヘレンはおおぜいの人《ひと》の前《まえ》でえんぜつをしたり、しょうがいがある人《ひと》の権利《けんり》をまもるために活動《かつどう》したりしました。すばらしい先生《せんせい》と、かわいい犬《いぬ》といっしょに世界中《せかいじゅう》を旅《たび》してまわりました。先生《せんせい》と愛犬《あいけん》に気持《きも》ちを伝《つた》えるのに、ことばはいりませんでした。ただ心《こころ》をこめて、しっかりとだきしめるだけでよかったのです。

1880年《ねん》6月《がつ》27日《にち》—1968年《ねん》6月《がつ》1日《にち》

アメリカ

「この世《よ》でなによりもとうとく、
うつくしいものは、見《み》ることも
ふれることもできません。
——心《こころ》でかんじなければならないのです」
ヘレン・ケラー

ポリカルパ・サラバリエータ

POLICARPA SALAVARRIETA

スパイ

昔《むかし》

むかし、コロンビアの首都《しゅと》のボゴタに、お針子《はりこ》の仕事《しごと》をしながら、じつはスパイという女《おんな》の人《ひと》がいました。本当《ほんとう》の名前《なまえ》はひみつですが、ポリカルパ・サラバリエータという名前《なまえ》が、いちばんよく知《し》られています。

　ポリカルパがまだ子《こ》どもだったとき、育《そだ》てのお母《かあ》さんがおさいほうをおしえてくれました。それがしょうらい、生《う》まれ故郷《こきょう》のコロンビアにかくめいが起《お》きたときに、役《やく》に立《た》つことになるとは、そのときのポリカルパは思《おも》ってもみませんでした。

　そのころ、コロンビアはとおくはなれたスペイン王国《おうこく》によって支配《しはい》されていました。でも、コロンビアのほとんどの人《ひと》たちは王党派《おうとうは》といって、スペインの王《おう》さまに国《くに》をおさめてもらっていることをじまんに思《おも》っていたのです。

　けれども、ポリカルパのように、コロンビアを自由《じゆう》にしたいと考《かんが》える、革命派《かくめいは》の人《ひと》たちもいました。

　王党派《おうとうは》は革命派《かくめいは》をいつもさがしていました。王党派《おうとうは》につかまらないよう、ポリカルパはなんども名前《なまえ》を変《か》えなくてはなりませんでした。

　そうやって王党派《おうとうは》に見《み》つからないようにしながら、王党派《おうとうは》の人《ひと》の家《いえ》でお針子《はりこ》としてはたらきました。おくさまがたのドレスを仕立《した》てなおしながら、こっそりと耳《みみ》をすまして、王党派《おうとうは》がなにをたくらんでいるか、じょうほうを集《あつ》めては、革命派《かくめいは》の仲間《なかま》に知《し》らせたのです。

　あるとき、ポリカルパからじょうほうをうけとった人《ひと》がつかまって、ポリカルパがじつはスパイだということを知《し》られてしまいます。ポリカルパはたいほされました。

「仲間《なかま》の名前《なまえ》をいえば命《いのち》だけは助《たす》けてやる」といわれます。

　ポリカルパは、相手《あいて》の目《め》をまっすぐに見《み》すえていいました。「わたしはたしかにわかい女《おんな》だけど、おどしなんて通用《つうよう》しないわよ」

　そんなポリカルパ・サラバリエータは今《いま》でも、自由《じゆう》とせいぎを求《もと》めてたたかう人《ひと》たちの心《こころ》のよりどころです。

　コロンビアの人《ひと》だけでなく、世界中《せかいじゅう》の人《ひと》に、女《おんな》の人《ひと》にも男《おとこ》の人《ひと》にも、たたかいつづける勇気《ゆうき》をあたえているのです。

1795年《ねん》1月《がつ》26日《にち》ごろ—1817年《ねん》11月《がつ》14日《にち》

コロンビア

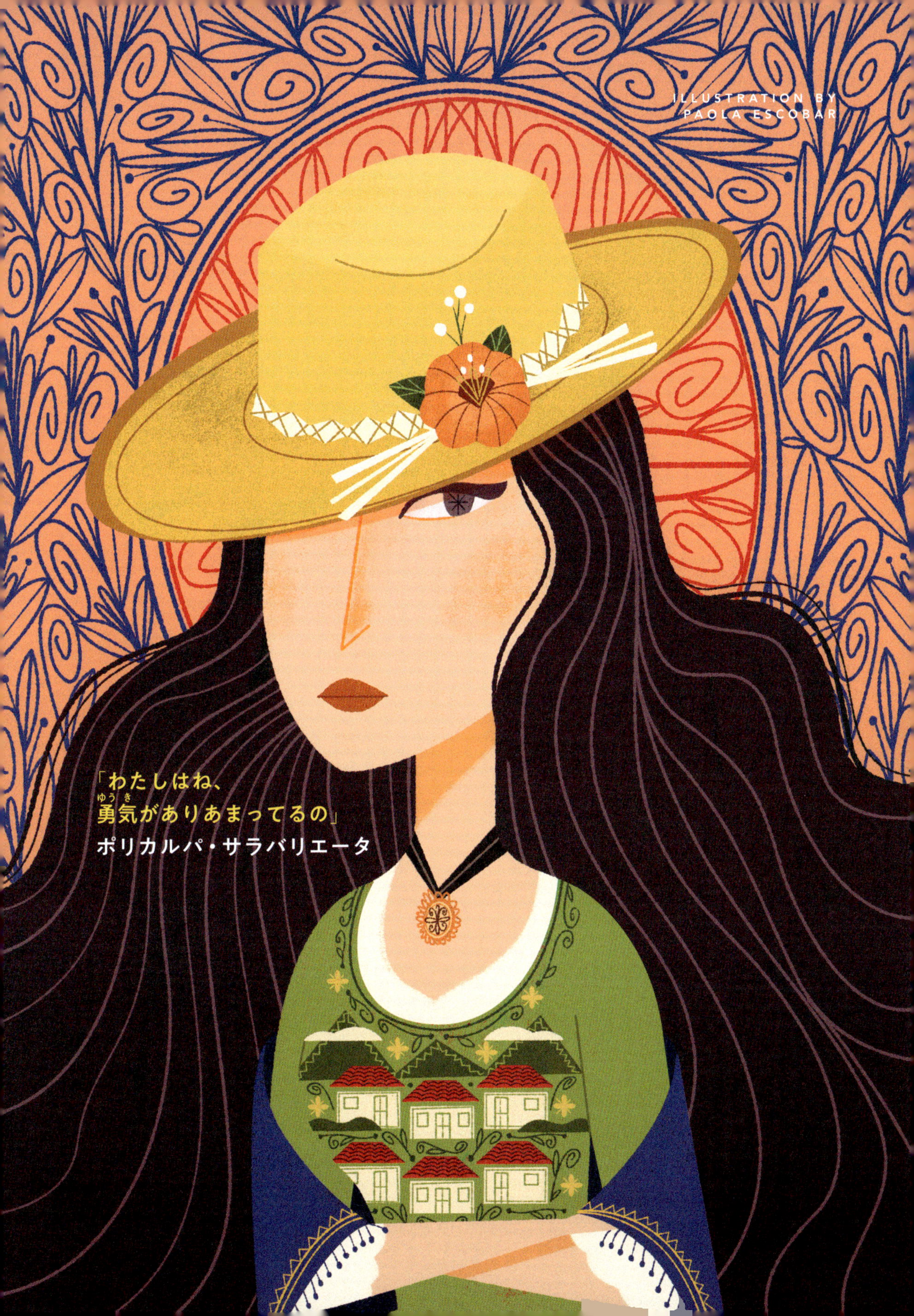

「わたしはね、
勇《ゆう》気《き》がありあまってるの」
ポリカルパ・サラバリエータ

マーガレット・サッチャー

MARGARET THATCHER

首相《しゅしょう》

むかし、イギリスに、まわりの人《ひと》からどう思《おも》われても、まったく気《き》にしないマーガレットという女《おんな》の子《こ》がいました。自分《じぶん》が正《ただ》しいと思《おも》うことをすればそれでいい、と思《おも》っていたのです。マーガレットはうそをつかないからすきだ、という人《ひと》もいれば、思《おも》ったことをずばずばいうのは失礼《しつれい》だ、という人《ひと》もいます。マーガレットはなにをいわれても、肩《かた》をすくめるだけで自分《じぶん》の思《おも》ったとおりに行動《こうどう》するのです。

大学《だいがく》で化学《かがく》を勉強《べんきょう》したマーガレットは、化学《かがく》の研究者《けんきゅうしゃ》になりますが、心《こころ》のおくそこには、政《せい》治家《じか》になりたい、という熱《あつ》い思《おも》いをもちつづけていました。そこで、国会議員《こっかいぎいん》になるため、選《せん》挙《きょ》に立候補《りっこうほ》しました。最初《さいしょ》は落選《らくせん》してしまいます。二回《にかい》めに立候補《りっこうほ》したときもだめでした。けれども、マーガレットはあきらめません。

結婚《けっこん》してすぐにもう一度《いちど》、大学《だいがく》に入《はい》って、今《こん》度《ど》は法律《ほうりつ》を勉強《べんきょう》しました。そのうちふたごが生《う》まれて、マーガレットはお母《かあ》さんになりました。次《つぎ》の選挙《せんきょ》のときには、立候補《りっこうほ》することもできませんでした。マーガレットの入《はい》っていた政党《せいとう》は保守党《ほしゅとう》といいますが、保守党《ほしゅとう》の男《おとこ》の人《ひと》たちは、マーガレットのようなわかいお母《かあ》さんに議員《ぎいん》の仕事《しごと》などできるわけないと思《おも》ったのです。

けれども、四年後《よねんご》、ついに夢《ゆめ》がかなってマーガレットは国会議員《こっかいぎいん》になりました。議員《ぎいん》の仕事《しごと》をはじめると、大《だい》かつやくをして、たちまちまわりにみとめられます。そして保守党《ほしゅとう》のリーダーになり、とうとう首相《しゅしょう》になりました。女《おんな》の人《ひと》が首相《しゅしょう》になるのは、イギリスの歴史上《れきしじょう》、はじめてのことでした。

国《くに》の予算《よさん》がたりなくて小学校《しょうがっこう》にかよう子《こ》どもたちに牛乳《ぎゅうにゅう》を無料《むりょう》でくばるのをやめる、と決《き》めたときには、国民《こくみん》からきらわれました。フォークランド諸島《しょとう》で起《お》こった紛争《ふんそう》でアルゼンチンに勝《か》つと、マーガレットの心《こころ》のつよさと決断力《けつだんりょく》はすばらしいとたたえられました。

マーガレットは、やろうと思《おも》ったことをどんどん実行《じっこう》にうつしました。ときには自分《じぶん》の考《かんが》えとはちがうことを実行《じっこう》するよう、せまられることもありましたが、けっして自分《じぶん》の考《かんが》えを曲《ま》げませんでした。そんなことから、〝鉄《てつ》の女《おんな》〟というあだながついたのかもしれません。

1925年《ねん》10月《がつ》13日《にち》—2013年《ねん》4月《がつ》8日《にち》

イギリス

ILLUSTRATION BY
DEBORA GUIDI

「たたかいに勝《か》つためには、一度《いちど》ではなく何度《なんど》も
たたかわなくてはならないこともあるのです」
マーガレット・サッチャー

マーガレット・ハミルトン

MARGARET HAMILTON

コンピュータ科学者《かがくしゃ》

ちょっとだけ昔《むかし》のこと、人類《じんるい》を月面《げつめん》へとみちびいた、マーガレットという名前《なまえ》のコンピュータの達人《たつじん》がいました。

　マーガレットは二十六歳《にじゅうろくさい》というまだわかいときに、NASA《ナサ》に入《はい》ります。夫《おっと》とむすめがいたので、NASA《ナサ》ではたらいて家族《かぞく》の生活《せいかつ》を支《ささ》えるつもりでした。そのころ、NASA《ナサ》では、宇宙船《うちゅうせん》のアポロ十一号《じゅういちごう》を打《う》ちあげて月《つき》の表面《ひょうめん》に着陸《ちゃくりく》させようという計画《けいかく》が進《すす》んでいました。ぶじに月面《げつめん》に着陸《ちゃくりく》させるにはコンピュータが必要《ひつよう》です。マーガレットはプログラムといって、コンピュータに伝《つた》えるふくざつな指令《しれい》を組《く》みたてる仕事《しごと》をするようになり、やがてその部門《ぶもん》のリーダーになります。

　ほかの人《ひと》たちが帰《かえ》ってしまったあとも、土曜日《どようび》や日曜日《にちようび》も、マーガレットは仕事《しごと》をしました。家《いえ》からむすめのローレンをつれてきて、仕事《しごと》を続《つづ》けることもありました。四歳《よんさい》のローレンがねむっているそのよこで、アポロ十一号《じゅういちごう》の司令船《しれいせん》のコンピュータに組《く》み入《い》れるための、長《なが》い長《なが》いプログラムを考《かんが》えるのです。

　1969年《ねん》七月二十日《しちがつはつか》、いよいよあと数分《すうふん》でアポロ十一号《じゅういちごう》が月面《げつめん》に着陸《ちゃくりく》するというときです。コンピュータが、宇宙船《うちゅうせん》に異常《いじょう》がはっせいしたと知《し》らせてきました。警告《けいこく》ブザーもなりだします。着陸計画《ちゃくりくけいかく》は失敗《しっぱい》してしまうかもしれない、とだれもが思《おも》いました。けれども、マーガレットは宇宙船《うちゅうせん》のコンピュータにプログラムを入《い》れるときに、「いちばん大切《たいせつ》な仕事《しごと》に集中《しゅうちゅう》して、それ以外《いがい》のことは無視《むし》する」という指示《しじ》を組《く》み込《こ》んでいました。だから、着陸《ちゃくりく》にえいきょうのない異常《いじょう》は無視《むし》され、宇宙船《うちゅうせん》はぶじ着陸《ちゃくりく》できたのです。

　おかげで計画《けいかく》は中止《ちゅうし》されることなく、アポロ十一号《じゅういちごう》はみごと月面《げつめん》に着陸《ちゃくりく》しました。

　宇宙飛行士《うちゅうひこうし》が月《つき》の表面《ひょうめん》に立《た》ったとき、「ひとりの人間《にんげん》にとっては小《ちい》さな一歩《いっぽ》だが、人類《じんるい》にとっては大《おお》きな一歩《いっぽ》だ」と世界中《せかいじゅう》の人《ひと》たちがおおよろこびしました。でも、それは、マーガレット・ハミルトンというひとりの女《おんな》の人《ひと》がつくりだしたすばらしいプログラムと冷静《れいせい》な判断《はんだん》がなければ、けしてなしとげられなかったことなのです。

1936年《ねん》8月《がつ》17日《にち》—

アメリカ

ILLUSTRATION BY
ÉDITH CARRON
「わたしは、アポロ有人《ゆうじん》宇《う》宙《ちゆう》飛《ひ》行計画《こうけいかく》の
いちばん最初《さいしよ》から協力《きようりよく》していたのよ」
マーガレット・ハミルトン

マティルデ・モントーヤ

MATILDE MONTOYA

医師《いし》

昔《むかし》

むかし、メキシコに、ソレダッドという女《おんな》の人《ひと》がいました。ソレダッドにはマティルデというむすめがいました。このむすめが、びっくりするぐらい頭《あたま》がいいことに、ソレダッドはほどなく気《き》がつきました。

四歳《よんさい》になるころには読《よ》み書《か》きができて、十一《じゅういっ》歳《さい》のときには高校《こうこう》に入学《にゅうがく》できるぐらいの学力《がくりょく》があった、といいます。

十六歳《じゅうろくさい》になると、マティルデは助産師《じょさんし》になるための勉強《べんきょう》をはじめました。けれども、マティルデには、もっと大《おお》きな夢《ゆめ》がありました。お医《い》者《しゃ》さんになる、という夢《ゆめ》です。

その夢《ゆめ》をかなえるために、マティルデはメキシコ国立自治大学《こくりつじちだいがく》に入学《にゅうがく》しますが、そのとき、女《おんな》の学生《がくせい》はマティルデひとりしかいませんでした。女《おんな》の人《ひと》がお医者《いしゃ》さんになれるわけがない、とおおぜいの人《ひと》からいわれました。

でも、マティルデには、みかたがついていました。お母《かあ》さんとたくさんの友《とも》だちが、おうえんしてくれたのです。

一年《いちねん》めのおわりに、マティルデは大学《だいがく》からおいだされそうになります。こまったマティルデは、大統領《だいとうりょう》に手紙《てがみ》を書《か》きます。お医者《いしゃ》さんになるという夢《ゆめ》を、どうしてもあきらめたくなかったからです。

すると、大統領《だいとうりょう》から大学《だいがく》に手紙《てがみ》がとどきました。そんな不公平《ふこうへい》なことをしてはいけない、という手紙《てがみ》でした。そのおかげで、マティルデは勉強《べんきょう》をつづけることができました。

ところが、今度《こんど》は、卒業試験《そつぎょうしけん》をうけてはいけない、といわれてしまいます。

マティルデはもう一度《いちど》、大統領《だいとうりょう》に手紙《てがみ》を書《か》きます。大統領《だいとうりょう》は今度《こんど》もまた、マティルデに手《て》をかしました。女《おんな》の人《ひと》でも医学《いがく》を勉強《べんきょう》してお医者《いしゃ》さんになってもよい、という法律《ほうりつ》をつくったのです。そして、マティルデが卒業《そつぎょう》するときには、卒業式《そつぎょうしき》に出席《しゅっせき》して、おいわいのことばをおくりました。歴史的《れきしてき》な瞬間《しゅんかん》でした。

次《つぎ》の日《ひ》、国《くに》じゅうの新聞《しんぶん》にマティルデの記事《きじ》がのりました。〝セニョリータ・マティルデ・モントーヤ（マティルデ・モントーヤおじょうさん）〟がメキシコではじめての女《おんな》のお医者《いしゃ》さんになったことをおいわいする記事《きじ》でした。

1859年《ねん》3月《がつ》14日《にち》—1939年《ねん》1月《がつ》26日《にち》

メキシコ

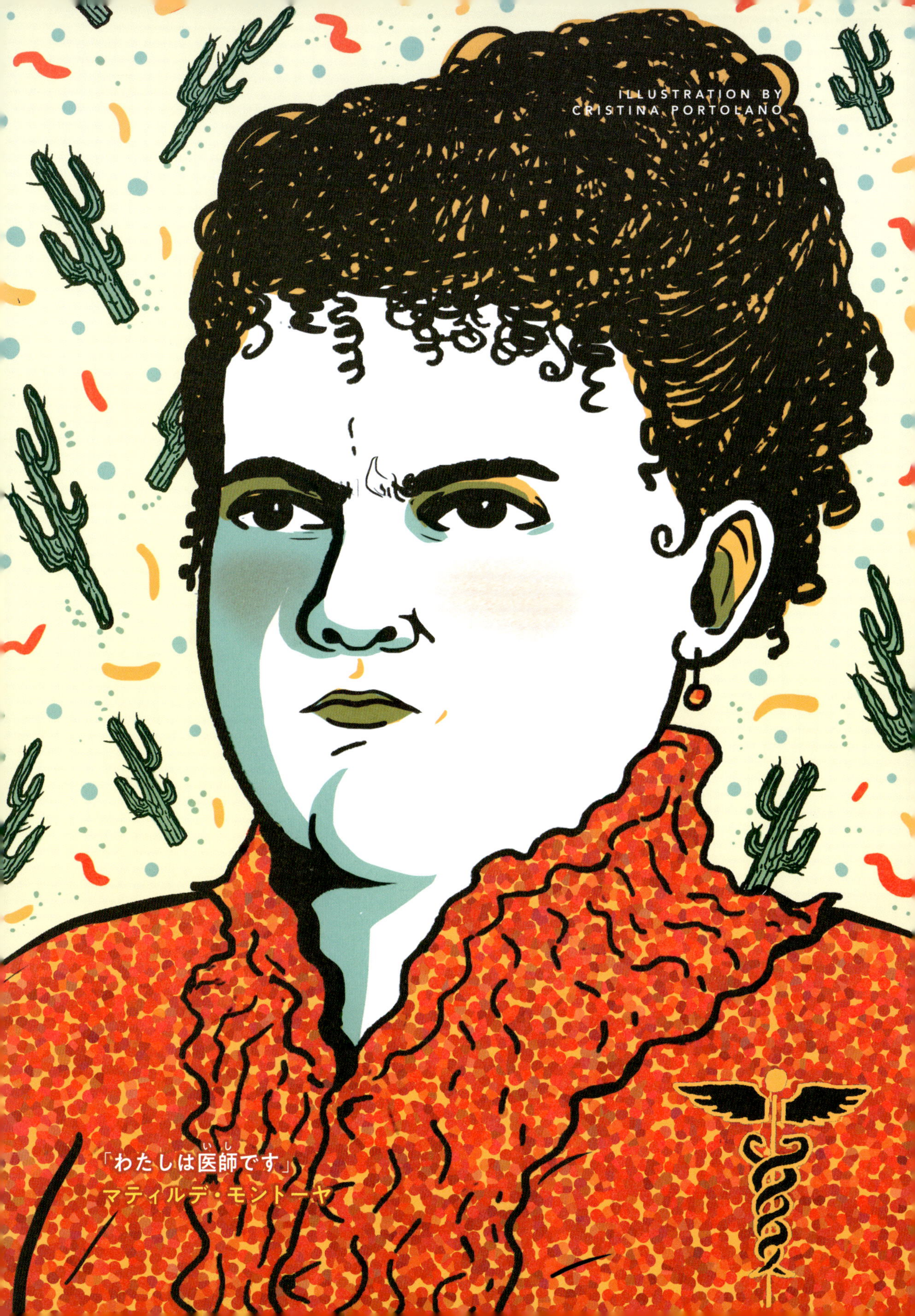
ILLUSTRATION BY
CRISTINA PORTOLANO
「わたしは医師《いし》です」
マティルデ・モントーヤ

マナル・アルシャリフ

MANAL AL-SHARIF

女《おんな》の人《ひと》の人権《じんけん》をまもるために活動《かつどう》した人《ひと》

あるところに、自分《じぶん》で車《くるま》を運転《うんてん》したいと思《おも》っている、マナルという女《おんな》の子《こ》がいました。

マナルの住《す》んでいたサウジアラビアでは、そのころはまだ、宗教《しゅうきょう》の決《き》まりで、女《おんな》の人《ひと》は車《くるま》を運転《うんてん》してはいけないことになっていました。

ある日《ひ》、マナルはこの決《き》まりをやぶろう、と決心《けっしん》します。お兄《にい》さんの車《くるま》をかりて、自分《じぶん》の住《す》んでいる町《まち》の通《とお》りを運転《うんてん》してみたのです。

しばらくして、そうやって運転《うんてん》しているところをさつえいして、その映像《えいぞう》をインターネットの〈ユーチューブ〉という動画《どうが》サイトで公開《こうかい》しました。そうすればたくさんの人《ひと》に見《み》てもらえるし、サウジアラビアに住《す》んでいる女《おんな》の人《ひと》の中《なか》にも、勇気《ゆうき》を出《だ》して車《くるま》を運転《うんてん》してみよう、という人《ひと》があらわれるかもしれないと思《おも》ったからでした。動画《どうが》の中《なか》で、マナルはこんなふうに問《と》いかけます。「男《おとこ》の人《ひと》は車《くるま》を運転《うんてん》してもいいのに、女《おんな》の人《ひと》はだめなんて、どうして？」

とくべつ変《か》わった問《と》いかけではありません。でも、これを聞《き》きつけた宗教《しゅうきょう》の指導者《しどうしゃ》たちは、そろってまゆをひそめました。「ほかの女《おんな》たちまで運転《うんてん》をするようになったら、どうするのだ？　男《おとこ》のいうことを聞《き》かなくなってしまうに決《き》まっている」と口々《くちぐち》にさけびました。

数日後《すうじつご》、マナルは警察《けいさつ》につかまり、もう二度《にど》と運転《うんてん》はしません、と約束《やくそく》させられます。

ところが、そのころには、たくさんの人《ひと》が、マナルが公開《こうかい》した動画《どうが》を見《み》ていました。何週間《なんしゅうかん》かしたある日《ひ》のこと、勇気《ゆうき》のあるサウジアラビアの女《おんな》の人《ひと》たちが何百人《なんびゃくにん》も、いっせいに車《くるま》を運《うん》転《てん》して町《まち》の通《とお》りを走《はし》ってみせました。そうすることで、宗教《しゅうきょう》の指導者《しどうしゃ》たちに立《た》ちむかったのです。

マナルはまたしても警察《けいさつ》につかまり、今度《こんど》は刑務所《けいむしょ》に入《い》れられてしまいます。それでも、くじけませんでした。サウジアラビアの女《おんな》の人《ひと》たちをはげましつづけたのです。勇気《ゆうき》を出《だ》して車《くるま》を運転《うんてん》し、女《おんな》の人《ひと》にも権利《けんり》があることを伝《つた》えていかなければならない、と。

「いつになったら、女《おんな》の人《ひと》も車《くるま》を運転《うんてん》してもいいってみとめられるの？　ときくのは、もうやめましょう。そとに出《で》て、ともかく運転《うんてん》するのです」

1979年《ねん》4月《がつ》25日《にち》—

サウジアラビア

ILLUSTRATION BY
KATE PRIOR

「そとに出《で》て、運転《うんてん》するのよ」
マナル・アルシャリフ

マヤ・アンジェロウ

MAYA ANGELOU

作家《さっか》

ちょっとだけむかし、アメリカに、五《ご》年《ねん》のあいだずうっと、口《くち》をきかなかったマヤという女《おんな》の子《こ》がいました。自分《じぶん》のいったことのせいで、だれかがきずつくかもしれないからです。

そんなマヤのことを、どこかおかしいんじゃないの、という人《ひと》もいました。でも、本当《ほんとう》は、ただこわかっただけなのです。おばあさんはマヤに「いつかまた、きっと話《はな》せるようになるからね」とくりかえしいいました。だいすきなお兄《にい》さんも「そのうち自分《じぶん》の声《こえ》が見《み》つかるよ」といいました。

マヤはふたりのいうことを、しっかり聞《き》いていました。そのうちに、読《よ》んだり聞《き》いたりしたものを、すべておぼえてしまうようになりました。そのころのことをふりかえって、マヤはいいます。「たとえるなら、聞《き》きたいな、と思《おも》ったCD《シーディー》をえらんで、かけるようなものね。ただ思《おも》いだすだけでいいの。わたしがもう一度《いちど》聞《き》きたいのは、ええと……そうそう、これだわって」

ことばをおぼえるのがとくいになったおかげで、ものを書《か》こうとしたときには、ペンの先《さき》から音楽《おんがく》がながれでるように、ことばがあふれだしました。

マヤは、自分《じぶん》の子《こ》どものころのことを書《か》きました。マヤがそだった町《まち》では、肌《はだ》の色《いろ》がちがうという理由《りゆう》で、アフリカ系《けい》アメリカ人《じん》が差別《さべつ》されていました。それは正《ただ》しいことではありません。アフリカ系《けい》アメリカ人《じん》にも人《ひと》として生《い》きていく権利《けんり》がみとめられるべきだ、という運動《うんどう》が起《お》こると、マヤの書《か》いた本《ほん》はその運動《うんどう》をおうえんするすべての人《ひと》たちの〝声《こえ》〟になりました。マヤのことばは、黒人《こくじん》にも白人《はくじん》にも、男《おとこ》の人《ひと》にも女《おんな》の人《ひと》にも、だれにでも同《おな》じ権利《けんり》があるのだ、ということをおしえてくれます。

マヤは、たくさんの才能《さいのう》にめぐまれていました。何冊《なんさつ》もの本《ほん》を書《か》いただけではなく、歌《うた》をつくり、劇《げき》や映画《えいが》の脚本《きゃくほん》を書《か》き、舞台《ぶたい》に立《た》ち、映《えい》画《が》にもしゅつえんしました。アフリカ系《けい》アメリカ人《じん》の学生《がくせい》にむけて、こんなこともいっています。「ほら、わたしを見《み》て。黒人《こくじん》で、女《おんな》で、しかも人種差別《じんしゅさべつ》のはげしかった南部《なんぶ》の出身《しゅっしん》よ。今《こん》度《ど》は自分《じぶん》を見《み》て。で、考《かんが》えてほしいの。あなたたちにできないことなんて、あると思《おも》う？」

1928年《ねん》4月《がつ》4日《にち》—2014年《ねん》5月《がつ》28日《にち》

アメリカ

「わたしの人生《じんせい》のもくひょうは、ただ生《い》きぬくことだけではありません。力《ちから》づよく生《い》きぬくこと。それも、いくらかの情熱《じょうねつ》と、いくらかの思《おも》いやりと、いくらかのユーモアと、それにいくらかの気品《きひん》をもって、力《ちから》づよく生《い》きぬくことなんです」

マヤ・アンジェロウ

マヤ・ガベイラ
MAYA GABEIRA

サーファー

ほんのすこしだけむかし、波《なみ》がすきなマヤという女《おんな》の子《こ》がいました。波《なみ》といっても、ただの波《なみ》ではありません。ものすごく大《おお》きな、かいぶつみたいな波《なみ》でした。そう、マヤは〝波《なみ》のりスーパーウーマン〟をめざしていたのです。

「もう、いいかげんにしなさい」マヤが海《うみ》にむかうのを見《み》て、お母《かあ》さんはなげきます。「あなたときたら、いつだってびしょぬれで、体《からだ》だってひえきってるじゃないの。それに、サーフィンなんてしてるのは、男《おとこ》の子《こ》だけよ」でも、マヤはびしょぬれになることも、体《からだ》がひえることも、気《き》にしません。サーフィンにむちゅうだったからです。

「サーフィンをするのは男《おとこ》の子《こ》だけ？　ふーん、だったら男《おとこ》の子《こ》たちには、あたしも仲間《なかま》だってことになれてもらわなくちゃ」とマヤはいいました。

そして、これいじょうはない、というぐらい大《おお》きな波《なみ》をもとめて、世界《せかい》を旅《たび》するようになりました。大波《おおなみ》をつかまえるため、オーストラリアや、ハワイや、ポルトガルや、ブラジルにまでかけていくようになります。

南《みなみ》アフリカでは、高《たか》さが十四《じゅうよん》メートルもある波《なみ》にのりました。そんな高《たか》い波《なみ》にのったのは、女《おんな》の人《ひと》ではマヤがはじめてです。サーフィンの大《おお》きな大会《たいかい》にも出場《しゅつじょう》して、すばらしい賞《しょう》をいくつももらいました。

けれども、ある日《ひ》、ポルトガルでサーフィンをしていたときに、かべのような波《なみ》が頭《あたま》の上《うえ》で急《きゅう》にくずれて、水《みず》の中《なか》に引《ひ》きずりこまれてしまいます。何《なん》か所《しょ》も骨折《こっせつ》して、おぼれかけたところを、パートナーに助《たす》けられますが、一時《いちじ》は心《しん》臓《ぞう》も呼吸《こきゅう》もとまって、あやうく死《し》にかけたのです。これほどおそろしいめにあったら、たいていの人《ひと》は、もう海《うみ》に入《はい》るのなんてこわくなってしまうでしょう。

でも、マヤはちがいました。元気《げんき》になるとすぐに、ポルトガルのあの事故《じこ》にあった海《うみ》にもどったのです。「だって、ここの波《なみ》は、最高《さいこう》だもの。ほかでは、ちょっとあじわえないわ！」そんなマヤは、かつやくをつづけて、〝世界《せかい》でいちばんお金《かね》をかせげるビッグウェーブ・サーファー〟といわれるようになりました。

1987年《ねん》4月《がつ》10日《にち》—

ブラジル

ILLUSTRATION BY
MARTINA PAUKOVA
「あたしはいっぱい走《はし》って、
いっぱい波《なみ》にのって、いっぱいはたらいたの」
マヤ・ガベイラ

マララ・ユスフザイ

MALALA YOUSAFZAI

活動家《かつどうか》

あるところに、学校《がっこう》がだいすきな、マララという女《おんな》の子《こ》がいました。マララはパキスタンの平和《へいわ》な谷《たに》でくらしていましたが、ある日《ひ》、武器《ぶき》をもったタリバンという集団《しゅうだん》がやってきて、その谷《たに》にくらす人《ひと》たちを銃《じゅう》でおどして、いうことを聞《き》かせようとしたのです。

タリバンは、女《おんな》の子《こ》が学校《がっこう》にかようことを禁《きん》止《し》しました。それはおかしい、と思《おも》った大人《おとな》はたくさんいたのですが、そんな大人《おとな》たちも、自《じ》分《ぶん》のむすめは学校《がっこう》に行《い》かせないほうが安全《あんぜん》だろうと考《かんが》えました。

マララは学校《がっこう》がだいすきだったので、そんなのは不公平《ふこうへい》だと思《おも》いました。そこで、谷《たに》でくらす女《おんな》の子《こ》たちが学校《がっこう》にかよえないことをインターネットで発表《はっぴょう》しました。ある日《ひ》のこと、テレビ番組《ばんぐみ》でうったえました。「教育《きょういく》は女《おんな》の人《ひと》に力《ちから》をあたえます。タリバンが女《おんな》の子《こ》たちの学校《がっこう》をつぎつぎにつぶしているのは、女《おんな》の人《ひと》に力《ちから》をもたせたくないからです」

何日《なんにち》かして、マララがいつものようにスクールバスにのっていたときのことです。とつぜん、タリバンの男《おとこ》がふたりやってきて、バスをとめ、どなりました。「マララっていうのは、どの子《こ》だ？」

いっしょにバスにのっていた友《とも》だちが、うっかりマララのほうを見《み》てしまいます。それを見《み》て、男《おとこ》たちは銃《じゅう》をマララにむけました。マララは頭《あたま》をうたれてしまいます。

すぐに病院《びょういん》にはこばれたおかげで、さいわい命《いのち》はとりとめました。入院《にゅういん》しているマララをはげまそうと、何千人《なんぜんにん》もの子《こ》どもたちが手紙《てがみ》を書《か》きました。マララはまわりの人《ひと》たちもびっくりするぐらい早《はや》く、元気《げんき》になったのです。

「タリバンの人《ひと》たちは、わたしたちを銃《じゅう》でだまらせようとしたのでしょう。でも、このとおり、それは失敗《しっぱい》におわりました」とマララはいいます。「本《ほん》とペンをもってたたかいましょう。それこそが、わたしたちにとって、なによりも強《きょう》力《りょく》な武器《ぶき》なのです。ひとりの子《こ》ども、ひとりの先生《せんせい》、一冊《いっさつ》の本《ほん》、そして一本《いっぽん》のペンが、世界《せかい》を変《か》えるのです」

マララはのちに、ノーベル平和賞《へいわしょう》を受賞《じゅしょう》します。それまでの受賞者《じゅしょうしゃ》の中《なか》で、最年少《さいねんしょう》でした。

1997年《ねん》7月《がつ》12日《にち》―

パキスタン

ILLUSTRATION BY
SARA BONDI

「だれもが声《こえ》をあげられずにいるとき、
たったひとつでも声《こえ》があがれば、
その声《こえ》はつよくひびくのです」
マララ・ユスフザイ

マリ・キュリー

MARIE CURIE

科学者《かがくしゃ》

むかし、ポーランドにひみつの学校《がっこう》がありました。〈移動《いどう》する大学《だいがく》〉とよばれた学校《がっこう》です。

そのころ、ポーランドはロシアに支配《しはい》されていて、人《ひと》びとが勉強《べんきょう》してもいいことと勉強《べんきょう》してはいけないことが、とてもきびしく決《き》められていました。女《おんな》の子《こ》は、大学《だいがく》に行《い》くこともゆるされていなかったのです。

マリとマリのお姉《ねえ》さんは、そのひみつの学校《がっこう》で勉強《べんきょう》をしていましたが、かくれて勉強《べんきょう》しなくてはならないことが、だんだんいやになってきていました。

そんなある日《ひ》、フランスのパリにはソルボンヌという大学《だいがく》があって、そこでは女《おんな》の子《こ》も勉強《べんきょう》ができるという話《はなし》を耳《みみ》にします。それでフランスにひっこすことに決《き》めました。

マリは金属《きんぞく》と磁石《じしゃく》の研究《けんきゅう》にむちゅうになりました。そして、鉱物《こうぶつ》の中《なか》には、放射線《ほうしゃせん》を出《だ》すものがあることを発見《はっけん》しました。つよい放射線《ほうしゃせん》を出《だ》す鉱物《こうぶつ》は、くらいところにおくと、ぼんやりと光《ひか》ります。ほかにもいろいろな性質《せいしつ》があるにちがいないと考《かんが》えて、マリはいくつもの鉱物《こうぶつ》を火《ひ》にかけ、とかし、ろかして、ひとばんじゅうねないで、ぼんやりとした光《ひかり》の観察《かんさつ》をつづけました。そのころマリが使《つか》っていたノートや実験《じっけん》器具《きぐ》には、これだけの年月《ねんげつ》がたった今《いま》でも、まだ放射能《ほうしゃのう》がのこっています。手《て》にとって見《み》るときには、放射線《ほうしゃせん》を通《とお》さない服《ふく》を着《き》て、手《て》ぶくろをはめなくてはなりません。

マリの研究《けんきゅう》には、夫《おっと》のピエールも協力《きょうりょく》しました。自分《じぶん》がやっていた結晶《けっしょう》の研究《けんきゅう》よりもずっとおもしろそうだと思《おも》ったからです。ふたりは力《ちから》を合《あ》わせて研究《けんきゅう》をかさね、ふたつの新《あたら》しい放射《ほうしゃ》性元素《せいげんそ》を発見《はっけん》しました。ポロニウムとラジウムです。

マリ・キュリーは研究《けんきゅう》をつづけて、ノーベル賞《しょう》を二度《にど》ももらいました。ノーベル物理学賞《ぶつりがくしょう》とノーベル化学賞《かがくしょう》です。放射線《ほうしゃせん》は今《いま》では病気《びょうき》のちりょうにも使《つか》われています。マリの研究《けんきゅう》はいろいろなことに応用《おうよう》できるものだったのです。それをもとにお金《かね》をもうけることも、できたでしょう。でも、マリはそうはしませんでした。だれでもお金《かね》をはらわずに、研究《けんきゅう》の成果《せいか》を利用《りよう》できるようにしたのです。

1867年《ねん》11月《がつ》7日《にち》—1934年《ねん》7月《がつ》4日《にち》

ポーランド

「人生《じんせい》には、おそれなくては
ならないことなんて、ひとつもない。
りかいしなくてはならないことが
あるだけよ」
マリ・キュリー

マリア・カラス
MARIA CALLAS

オペラ歌手《かしゅ》

マリアはひっこみじあんでおとなしく、友《とも》だちもあまりいない女《おんな》の子《こ》でした。

お母《かあ》さんは、お姉《ねえ》さんのほうがずっとすきにちがいない、とマリアは思《おも》っていました。お姉《ねえ》さんはすらりとしていて、かわいくて、友《とも》だちにも人気《にんき》があったからです。

ある日《ひ》、お母《かあ》さんは下《した》のむすめのマリアが、とてもすてきな声《こえ》をしていることに気《き》づきます。「その声《こえ》を生《い》かして歌《うた》の勉強《べんきょう》をしたらどう？」とお母《かあ》さんはマリアをはげましました。歌手《かしゅ》になれば、たくさんお金《かね》がかせげて、家族《かぞく》の生活《せいかつ》をささえることもできるからです。そして、アテネにある国立音楽院《こくりつおんがくいん》にマリアを入学《にゅうがく》させようとしますが、ことわられてしまいます。マリアはそれまで声楽《せいがく》のレッスンを正式《せいしき》に受《う》けたことがなかったからでした。そこで、マリアは個人《こじん》レッスンをうけることになります。

マリアの歌声《うたごえ》をはじめて聞《き》いたとき、声楽《せいがく》の先生《せんせい》はことばも出《で》ませんでした。それほどすばらしい声《こえ》だったのです。何《なん》か月《げつ》か練習《れんしゅう》しただけで、むずかしいアリア（独唱曲《どくしょうきょく》）を歌《うた》えるようになったばかりではありません。マリアの歌《うた》いかたは、聞《き》く人《ひと》の心《こころ》にまっすぐにとどくものでした。先生《せんせい》のすすめで、マリアはもう一度《いちど》、国立音楽院《こくりつおんがくいん》を受験《じゅけん》し、今度《こんど》はみごと合格《ごうかく》します。

プロのオペラ歌手《かしゅ》として歌《うた》うようになったマリアは、あるばん、イタリアのミラノにあるスカラ座《ざ》で歌《うた》うことになりました。世界《せかい》でもいちばん格式《かくしき》のあるオペラの劇場《げきじょう》です。マリアが歌《うた》いはじめると、客席《きゃくせき》の人《ひと》たちはマリアの歌声《うたごえ》のひびきに、歌詞《かし》のことばのひとつひとつに、ねっしんにきき入《い》りました。そしてあっというまに、オペラの世界《せかい》にひきこまれ、マリアといっしょになって、胸《むね》をあつくしたり、腹《はら》を立《た》てたり、よろこんだり、人《ひと》を愛《あい》したりしました。

マリアの歌《うた》がおわると、客席《きゃくせき》の人《ひと》たちはいっせいに立《た》ちあがって、はくしゅをしたり、かんせいをあげたりしました。舞台《ぶたい》には、バラの花《はな》がつぎつぎと投《な》げこまれたといいます。

やがて、オペラの中《なか》でもいちばん声《こえ》の高《たか》いソプラノの歌手《かしゅ》なら、マリア・カラスが最高《さいこう》だといわれるようになります。天《てん》から才能《さいのう》をあたえられた人《ひと》、という意味《いみ》の〝ラ・ディヴィーナ〟といえば、それはマリアのことでした。

1923年《ねん》12月《がつ》2日《にち》—1977年《ねん》9月《がつ》16日《にち》

ギリシャ

ILLUSTRATION BY
MARTA SIGNORI

「最高《さいこう》の舞台《ぶたい》にするためなら、
けして妥協《だきょう》はしません」
マリア・カラス

マリア・シビラ・メーリアン

MARIA SIBYLLA MERIAN

植物学者《しょくぶつがくしゃ》

マリアは子《こ》どものころから絵《え》をかくのがだいすきでした。写生《しゃせい》をするためにつんできた花《はな》にイモムシがいると、毎日《まいにち》、観察《かんさつ》して、うつくしいチョウにすがたを変《か》えるようすを絵《え》にすることもありました。

それでも、そのころの人《ひと》たちは、チョウはどろから生《う》まれてくるものだと思《おも》っていたので、子《こ》どものマリアのいうことに耳《みみ》をかす人《ひと》はいませんでした。

大人《おとな》になると、マリアは水彩画家《すいさいがか》としてかつやくするようになります。昆虫《こんちゅう》の観察《かんさつ》もつづけていて、気《き》がついたことを本《ほん》にまとめてしゅっぱんしました。けれども、マリアの本《ほん》は、当時《とうじ》の学者《がくしゃ》たちが使《つか》っていたラテン語《ご》ではなく、ドイツ語《ご》で書《か》かれていたので、まったく注目《ちゅうもく》されませんでした。

その後《ご》、マリアはオランダのアムステルダムにひっこします。アムステルダムで昆虫《こんちゅう》の標本《ひょうほん》を見《み》て、南《みなみ》アメリカにはめずらしい昆虫《こんちゅう》がたくさんいることを知《し》りました。

マリアは思《おも》います。「こういう虫《むし》が、自然《しぜん》の中《なか》でどんなふうに生《い》きているかを観察《かんさつ》して本《ほん》を書《か》いたら、みんなにきょうみをもってもらえそうだわ」

それまでにかきためていた絵《え》を売《う》って、お金《かね》をつくり、マリアは南《みなみ》アメリカにむかう船《ふね》にのりこみました。スリナムという国《くに》につくと、熱《ねっ》帯《たい》のジャングルに入《はい》り、木《き》にのぼって高《たか》いところでくらしている昆虫《こんちゅう》を観察《かんさつ》しました。観察《かんさつ》したことをもとにラテン語《ご》で本《ほん》を書《か》き、今度《こんど》は大《だい》成功《せいこう》をおさめます。

チョウやガは、どろから生《う》まれるのではなく、もとはイモムシだということを、多《おお》くの人《ひと》に知《し》ってもらえたのです。

イモムシがチョウにすがたを変《か》えることを、〝変態《へんたい》〟といいます。英語《えいご》では「メタモルフォシス」といいますが、〝形《かたち》を変《か》えること〟という意味《いみ》のギリシャ語《ご》から来《き》たことばです。今《いま》では、わたしたちは、たくさんの生《い》き物《もの》が〝変《へん》態《たい》〟することを知《し》っています。カエルも、ガも、カブトムシのような甲虫《こうちゅう》も、カニも、成長《せいちょう》していくとちゅうですがたを変《か》えます。わたしたちがそのことを知《し》っているのもマリア・シビラ・メーリアンのかつやくがあったおかげなのです。

1647年《ねん》4月《がつ》2日《にち》—1717年《ねん》1月《がつ》13日《にち》

ドイツ

ILLUSTRATION BY
AMANDA HALL

「子《こ》どものころ、わたしはひまさえあれば、
ずうっと虫《むし》を観察《かんさつ》していたの」

マリア・シビラ・メーリアン

マリア・モンテッソーリ

MARIA MONTESSORI

医師《いし》／教育者《きょういくしゃ》

昔《むかし》 むかし、知的《ちてき》しょうがいのある子《こ》どもたちの教育《きょういく》について研究《けんきゅう》をしている先生《せんせい》がいました。マリアという名《な》前《まえ》で、お医者《いしゃ》さんでもありました。

マリアは、子《こ》どもたちがいろいろなことをおぼえて、ひとりでできるようになっていくようすを、ちゅういぶかく観察《かんさつ》しました。マリアの学校《がっこう》では、生徒《せいと》は自由《じゆう》にうごきまわって、自分《じぶん》がいちばんやりたいことをやっていいことになっているのです。それまでのおしえ方《かた》とはまったくちがうものでしたが、しょうがいのある子《こ》どもたちには、とても合《あ》っていました。そこで、マリアはそのおしえ方《かた》をとりいれた学校《がっこう》をひらくことにしました。しょうがいがあってもなくても、どんな子《こ》どもでもかよえる、〈子《こ》どもたちの家《いえ》〉という学校《がっこう》です。

〈子《こ》どもたちの家《いえ》〉のために、マリアは子《こ》ども用《よう》の家具《かぐ》をつくることにしました。たとえば、いすは小《ちい》さく、軽《かる》くして、力《ちから》のない子《こ》どもでもかんたんにうごかせるようにします。たなはふつうよりも低《ひく》くして、大人《おとな》の手《て》をかりなくても、おいてあるものに手《て》がとどくようにしました。

マリアがくふうしたのは、家具《かぐ》だけではありません。それまでになかったようなおもちゃを、いくつもつくりました。子《こ》どもだけであそべて、あそぶことでそれまで知《し》らなかったことを自分《じぶん》で学《まな》べるようなおもちゃです。

〈子《こ》どもたちの家《いえ》〉のじゅぎょうでは、生徒《せいと》は自分《じぶん》たちの力《ちから》でたくさんのことを〝発見《はっけん》〟します。大人《おとな》からおしえられなくても、ひとりで服《ふく》を着《き》られるようになります。水《みず》の入《はい》ったコップをこぼさずにはこべるようにもなります。テーブルに食器《しょっき》を使《つか》いやすくならべることも、自分《じぶん》たちだけでおぼえてしまいます。

「子《こ》どもたちには、自分《じぶん》たちの力《ちから》でなんでもできる、ということをおしえるべきなのです」とマリアはいっています。「ひとりでくつのひもを結《むす》び、きがえることができるようになれば、だれにもたよらずに生《い》きていけるのはたのしいことだとわかるはずです」

マリア・モンテッソーリのおしえ方《かた》は、今《いま》では、数《かぞ》えきれないほどたくさんの学校《がっこう》でとりいれられています。世界中《せかいじゅう》の子《こ》どもたちが、つよく、たくましく、自由《じゆう》に生《い》きていくために。

1870年《ねん》8月《がつ》31日《にち》—1952年《ねん》5月《がつ》6日《にち》

イタリア

「子《こ》どもが自分《じぶん》でできると
思《おも》っていることに、
大人《おとな》は手《て》を出《だ》すべきではありません」
マリア・モンテッソーリ

マリア・ライへ
MARIA REICHE

考古学者《こうこがくしゃ》

ペルーという国《くに》の南部《なんぶ》の荒《あ》れた土地《とち》に、一軒《いっけん》の小屋《こや》がたっていて、そこに冒険《ぼうけん》がだいすきなドイツ人《じん》の数学者《すうがくしゃ》が住《す》んでいました。マリア・ライへという人《ひと》です。

その荒《あ》れ野《の》の地面《じめん》には、何百《なんびゃく》もの線《せん》のような細《ほそ》いみぞがきざみこまれていました。それはなんの線《せん》なのか、どうしてそんな線《せん》がきざまれているのか、どのぐらい昔《むかし》にきざまれたものか、だれも知《し》りません。そのなぞにつつまれた細《ほそ》い線《せん》に、マリアはむちゅうになりました。

ちょうさのため、飛行機《ひこうき》やヘリコプターを使《つか》って空中《くうちゅう》からさつえいした写真《しゃしん》をもとに、どこにどんな線《せん》がきざみこまれているのかを地図《ちず》にしていきました。飛行機《ひこうき》が使《つか》えないときのために、できるだけ高《たか》いはしごも手《て》に入《い》れて、はしごのてっぺんまでのぼって、観察《かんさつ》をつづけました。

地面《じめん》にきざまれた線《せん》が砂《すな》や石《いし》ころにうまっているときには、ほうきを使《つか》って砂《すな》や石《いし》ころをはき、線《せん》が見《み》えるようにしました。ほうきはたくさんひつようです。あまりにもたくさんほうきを買《か》ったので、もしかしたらこの人《ひと》は魔女《まじょ》かもしれない、と思《おも》われたそうです。

ちょうさをつづけるうちに、マリアはびっくりするような大発見《だいはっけん》をします。何百《なんびゃく》もの細《ほそ》い線《せん》は、なんの目的《もくてき》もなく地面《じめん》にきざみこまれたものではなく、何千年《なんぜんねん》もむかしに、そこに住《す》んでいた人《ひと》たちが線《せん》でかいた巨大《きょだい》な絵《え》だったのです。ハチドリの絵《え》がありました。いくつもの手《て》があくしゅをしているような絵《え》もあります。花《はな》をかいたものもあれば、ものすごく大《おお》きなクモをかいた絵《え》もありました。

「大《おお》むかしの人《ひと》たちは、どうしてこんな、空《そら》からしか見《み》えない絵《え》をかいたのだろう？」「これはいったいなんなのかしら？」知《し》りたいことが次《つぎ》から次《つぎ》へとわいてきました。

マリアがドイツからペルーにひっこしてきたとき、ナスカにそんななぞめいた巨大《きょだい》な地上絵《ちじょうえ》があることは知《し》らなかったそうです。けれども、その絵《え》を見《み》つけたとき、マリアにはわかったのです、「この絵《え》のなぞを、わたしは一生《いっしょう》かけてときあかしていくことになるのだ」と。

その後《ご》、マリアは〝地上絵《ちじょうえ》の母《はは》〟とよばれるようになりました。

1903年《ねん》5月《がつ》15日《にち》—1998年《ねん》6月《がつ》8日《にち》

ドイツ

ILLUSTRATION BY
GAIA STELLA

「海《うみ》をわたってはじめてペルーにやってきたとき、
わたしののっていた船《ふね》からにじが見《み》えました。
にじの下《した》にもうひとつにじがかかっていて、
そのしたにもまたにじがかかっていて
……なんと四重《よんじゅう》のにじだったんです」

マリア・ライヘ

マルゲリータ・アック
MARGHERITA HACK

天体物理学者《てんたいぶつりがくしゃ》

イタリアのフィレンツェの町《まち》には、チエント・ステッレという通《とお》りがあります。〝百《ひゃく》の星《ほし》ぼし〟の通《とお》り、という意味《いみ》です。

あるとき、その通《とお》りにひとりの女《おんな》の子《こ》が生《う》まれました。その子《こ》はマルゲリータという名前《なまえ》で、大人《おとな》になると、星《ほし》や惑星《わくせい》のことを研究《けんきゅう》する、天体物理学者《てんたいぶつりがくしゃ》になるのです。

マルゲリータは物理学《ぶつりがく》を勉強《べんきょう》しているうちに、星《ほし》に興味《きょうみ》をもちはじめます。「わたしたち人間《にんげん》も、宇宙《うちゅう》の進化《しんか》の一部《いちぶ》なのです」とマルゲリータはいっています。「わたしたちの骨《ほね》にふくまれるカルシウムも、血液《けつえき》にふくまれる鉄分《てつぶん》も、星《ほし》の中心《ちゅうしん》でつくられる物質《ぶっしつ》です。そうして考《かんが》えると、わたしたち人間《にんげん》は、じつは〝星《ほし》の子《こ》ども〟だともいえるのです」

マルゲリータのお気《き》に入《い》りの場所《ばしょ》は、フィレンツェの町《まち》を見《み》おろす丘《おか》のてっぺんにある、アルチェトリ天文台《てんもんだい》でした。そこにはとても大《おお》きな望遠鏡《ぼうえんきょう》があって、マルゲリータはそれを使《つか》って空《そら》のあちこちを観察《かんさつ》するのです。頭《あたま》の中《なか》はいつも、知《し》りたいことでいっぱいでした。「銀河《ぎんが》って、どうやってできるのかしら？」「あの星《ほし》とこの星《ほし》は、どのぐらいはなれているのかな？」「星《ほし》の光《ひかり》を観察《かんさつ》したら、まだまだわかることがあるんじゃない？」

マルゲリータは世界中《せかいじゅう》のいろいろなところに行《い》って研究《けんきゅう》をつづけながら、たくさんの人《ひと》たちの前《まえ》で話《はなし》をしました。星《ほし》のことを勉強《べんきょう》するのはすばらしいことだと伝《つた》えるためです。そして帰《き》国《こく》すると、イタリアでは女《おんな》の人《ひと》ではじめて、トリエステの天文観測所《てんもんかんそくじょ》の所長《しょちょう》になりました。

マルゲリータは「わたしには親友《しんゆう》とよべる星《ほし》がある」といいます。親友《しんゆう》の名前《なまえ》は、うしかい座《ざ》のイータ星《せい》、ヘルクレス座《ざ》のゼータ星《せい》、おうし座《ざ》のオメガ星《せい》、それにはくちょう座《ざ》の五十五《ごじゅうご》番星《ばんせい》。星《ほし》の親友《しんゆう》がいただけではなく、なんと、マルゲリータの名前《なまえ》のついた小惑星《しょうわくせい》まであるのです！

科学者《かがくしゃ》とは、事実《じじつ》と観察《かんさつ》と実験《じっけん》にもとづいて自然《しぜん》を深《ふか》く知《し》ろうとする人《ひと》たちであり、生命《せいめい》のひみつをときあかすことに情熱《じょうねつ》をもやしつづける人《ひと》たちでもある――マルゲリータはそんなふうに考《かんが》えていたのです。

1922年《ねん》6月《がつ》12日《にち》—2013年《ねん》6月《がつ》29日《にち》

イタリア

ILLUSTRATION BY
CRISTINA SPANÒ

「星《ほし》は、わたしたち人間《にんげん》とそれほどちがいはありません。
生《う》まれて、年《とし》をとって、最後《さいご》には死《し》ぬのですから」
マルゲリータ・アック

ミケーラ・デプリンス

MICHAELA DEPRINCE

バレリーナ

アフリカのシエラレオネに、戦争《せんそう》でお父《とう》さんとお母《かあ》さんをなくした、ミケーラという女《おんな》の子《こ》がいました。ミケーラの首《くび》と胸《むね》には、白斑《はくはん》といって、肌《はだ》の色《いろ》がぬけて白《しろ》くなっているところがありました。そのせいで、孤児院《こじいん》では〝悪魔《あくま》のむすめ〟とよばれました。まだ子《こ》どもだったミケーラは、ひとりぼっちで、おびえていました。

けれども、ミアという女《おんな》の子《こ》も、ひとりぼっちでおびえていたのです。ミケーラがこわがると、ミアが歌《うた》を歌《うた》ってなぐさめました。ミアがねむれないときには、ミケーラがお話《はなし》をしてあげます。そうして、ふたりは大《だい》の親友《しんゆう》になりました。

そんなある日《ひ》、孤児院《こじいん》の門《もん》の前《まえ》に、一冊《いっさつ》の雑誌《ざっし》が風《かぜ》でとばされてきました。表紙《ひょうし》には、つまさきをぴんとのばして立《た》っている、きれいな女《おんな》の人《ひと》の写真《しゃしん》がのっています。「この人《ひと》はバレリーナよ」と孤児院《こじいん》に勉強《べんきょう》をおしえにきている先生《せんせい》がいいました。

「すごく幸《しあわ》せそう。あたしもこの人《ひと》みたいになりたい」と四歳《よんさい》のミケーラは思《おも》いました。

それからまもなく、ミケーラはアメリカ人《じん》の家族《かぞく》にひきとられることになりましたが、その人《ひと》たちに会《あ》うためには長《なが》い旅《たび》にでなければなりません。おまけに、親友《しんゆう》のミアともはなればなれになるのです。不安《ふあん》に負《ま》けないよう、ミケーラは夢《ゆめ》をもつことにしました。夢《ゆめ》の中《なか》では、ミアとミケーラにはお母《かあ》さんがいて、ミケーラはバレリーナになっていました。

目的地《もくてきち》にとうちゃくしたとき、ひとりの女《おんな》の人《ひと》がやってきて、ミアもいっしょに養子《ようし》にしたい、といいました。ミケーラが夢《ゆめ》にみていたことがぜんぶ本当《ほんとう》になったのです。それなら、バレエをおどるときに着《き》るチュチュはどこにあるの？　ミケーラはさがしはじめました。「なにをさがしているの？」新《あたら》しいお母《かあ》さんがききました。ミケーラは大切《たいせつ》にもっていた、あの雑誌《ざっし》を見《み》せました。お母《かあ》さんは、にっこりわらっていいました。「あなたもバレリーナになれるわ」

アメリカでくらすようになったミケーラは、バレエのレッスンにかよい、たくさん練習《れんしゅう》をしました。今《いま》では、オランダの国立《こくりつ》バレエ団《だん》のバレリーナです。

1995年《ねん》1月《がつ》6日《にち》—

シエラレオネ

「スイセン畑《ばたけ》に一《いち》りんだけさくポピーの花《はな》になることを、
おそれてはだめです」
ミケーラ・デプリンス

ミシェル・オバマ

MICHELLE OBAMA

弁護士《べんごし》／元大統領《もとだいとうりよう》夫人《ふじん》

アメリカのシカゴに、いつもおどおどしている、ミシェル・ロビンソンという女《おんな》の子《こ》がいました。「わたしは、それほど頭《あたま》がよくないのかもしれない。みんなよりもだめな子《こ》なのかもしれない」ミシェルはいつも不安《ふあん》でした。

するとお母《かあ》さんがいうのです。「だれかにできることなら、あなたにもできるのよ」お父《とう》さんもいいます。「できないことなんて、ないんだよ」

ミシェルはいっしょうけんめい勉強《べんきよう》しました。けれども、成績《せいせき》はそんなにすぐにはよくなりません。学校《がっこう》の先生《せんせい》から「目標《もくひよう》をあまり高《たか》くしないほうがきみのためだ」といわれることもありました。「しょうらい、みんなにそんけいされるような人《ひと》になんて、なれるわけがない」という人《ひと》もいたそうです。なぜなら、ミシェルは“シカゴでもまずしい地域《ちいき》のサウスサイドで生《う》まれた、黒人《こくじん》のただのへいぼんな女《おんな》の子《こ》”だからです。

それでも、ミシェルはお父《とう》さんとお母《かあ》さんにいわれたことを信《しん》じて、「できないことなんて、ない」と思《おも》うことにしたのです。ハーバード大《だい》学《がく》の大学院《だいがくいん》に進《すす》み、法律《ほうりつ》を勉強《べんきよう》して弁護士《べんごし》になり、大《おお》きな法律事務所《ほうりつじむしよ》につとめることになりました。あるとき、ミシェルは上司《じようし》からいわれて、こうはいの弁護士《べんごし》の指導《しどう》をまかされます。バラク・フセイン・オバマという名前《なまえ》の弁護士《べんごし》です。ふたりはしたしくなり、やがて愛《あい》しあうようになり、何年《なんねん》かして結婚《けっこん》します。

ある日《ひ》、夫《おっと》のバラクから、「じつはアメリカの大統領《だいとうりよう》になりたいと思《おも》っているんだ」とうちあけられます。最初《さいしよ》は、ミシェルもびっくりします。でも、お母《かあ》さんにいわれたことを思《おも》いだします。「だれかにできることなら、あなたにもできるのよ」

ミシェルは弁護士《べんごし》の仕事《しごと》をやめて、バラクの選挙運動《せんきよううんどう》をてつだいました。選挙《せんきよ》のけっか、バラクは大統領《だいとうりよう》にえらばれます。ミシェルはアメリカではじめて、アフリカ系《けい》アメリカ人《じん》の大統《だいとう》領夫人《りようふじん》になりました。

「生《う》まれつきかしこい人《ひと》はいないの。努力《どりよく》してかしこくなるのよ」というのが、ミシェルのモットーです。

1964年《ねん》1月《がつ》17日《にち》—

アメリカ

ILLUSTRATION BY
MARTA SIGNORI

「いつも自分《じぶん》にたいして正直《しょうじき》でいること、
そして、他人《たにん》になんといわれても、
自分《じぶん》の目標《もくひょう》を見《み》うしなったりしないことです」

ミシェル・オバマ

ミジョ・カストロ・サルダリアガ

MILLO CASTRO ZALDARRIAGA

ドラム奏者《そうしゃ》

むかし、ドラムをたたくことを夢《ゆめ》みていた女《おんな》の子《こ》がいました。ミジョという女《おんな》の子《こ》です。ミジョは島《しま》に住《す》んでいました。音楽《おんがく》にあふれ、どこをむいてもあざやかな色《いろ》が目《め》にとびこんできて、おいしいパパイアがたくさんとれる島《しま》です。

島《しま》に住《す》んでいる人《ひと》なら、ドラムをたたいていいのは男《おとこ》の子《こ》だけだ、と知《し》っています。

「帰《かえ》れ。女《おんな》の子《こ》はさわっちゃいかん」ミジョがドラムをたたこうとするたびに、みんなにどなられます。でも、みんなは知《し》らなかったのです。ミジョのドラムをたたきたいという気持《きも》ちは、ヤシガニにも負《ま》けないぐらいつよいものだということを。

昼《ひる》のあいだ、ミジョは身《み》のまわりから聞《き》こえてくる、いろいろな音《おと》に耳《みみ》をすまします。ヤシの葉《は》が風《かぜ》におどってたてる音《おと》、ハチドリがつばさをはためかせる音《おと》、足《あし》をそろえて水《みず》たまりにとびこんだときの、パシャッ！　という元気《げんき》のいい音《おと》。

夜《よる》になると、浜辺《はまべ》にすわって、波《なみ》の音《おと》に耳《みみ》をかたむけます。そして、くだける波《なみ》にたずねるのです。「どうして、わたしはドラムをたたいちゃいけないの？」

そんなある日《ひ》のこと、ミジョはお父《とう》さんをせっとくすることに成功《せいこう》して、ついに音楽《おんがく》のレッスンにつれていってもらえたのです。ティンバレスに、コンガに、ボンゴ……どんなドラムでも、ミジョはかんたんにたたいてしまいます。これには先生《せんせい》もびっくりです。ミジョのうでまえをみとめて、これからは毎日《まいにち》レッスンをする、といいました。

「いつかほんもののバンドに入《はい》って、えんそうするの」というのがミジョのくちぐせでした。

お姉《ねえ》さんのクチートが、キューバではじめて、女《おんな》の人《ひと》だけのダンスグループ、〈アナカオーナ〉をつくると、ミジョはバンドのドラムを担《たん》当《とう》することになりました。そのとき、ミジョは十歳《じゅっさい》でした。ミジョのたたくドラムに合《あ》わせて、みんながおどるようになったのです。

ミジョはこうして、有名《ゆうめい》になりました。世界《せかい》中《じゅう》の人《ひと》たちに愛《あい》され、十五歳《じゅうごさい》のときには、アメリカの大統領《だいとうりょう》の誕生日《たんじょうび》パーティーで、ドラムをえんそうするまでになったのです。

1922年《ねん》ごろ—

キューバ

ILLUSTRATION BY
SARAH WILKINS

「女《おんな》の子《こ》だって、ドラムをたたけるわ！」

ミジョ・カストロ・サルダリアガ

ミスティ・コープランド

MISTY COPELAND

バレリーナ

あるうつくしい夜《よる》のことでした。しずまりかえった観客《かんきゃく》のまつ舞台《ぶたい》に、ミスティはしずかに進《すす》みでました。『火《ひ》の鳥《とり》』というバレエの演目《えんもく》の、主役《しゅやく》をはじめておどるのです。ミスティは、〈アメリカン・バレエ・シアター〉という世界《せかい》でもトップクラスのバレエ団《だん》で、ただひとりのアフリカ系《けい》アメリカ人《じん》です。

まくがあがると、ミスティのうでが、鳥《とり》のつばさのように、ゆうがにうごきだしました。つまさきでくるくるとまわり、高《たか》くうつくしいジャンプで舞台《ぶたい》をよこぎります。観客《かんきゃく》は、ミスティから目《め》がはなせなくなりました。

まくがおりると、ミスティは、足《あし》をいためていたことをうちあけました。ふつうの人《ひと》なら、とてもがまんできないほどのいたみにたえて、おどりきったのです。病院《びょういん》でけんさをすると、左《ひだり》のすねの六《ろっ》か所《しょ》にひびが入《はい》っていて、手術《しゅじゅつ》がひつようでした。

夢《ゆめ》をかなえた、そのすぐあとに、もしかしたら、もう二度《にど》とおどれないかもしれない、といわれてしまったのです。ミスティには、あきらめきれません。おどることが、なによりもだいすきだったからです。

ミスティは十三歳《じゅうさんさい》になるまで、お母《かあ》さんと五《ご》人《にん》のきょうだいといっしょに、モーテルの一室《いっしつ》でくらしていました。モーテルは車《くるま》で旅行《りょこう》する人《ひと》がとまるところですが、ミスティの一家《いっか》は家《いえ》のかわりにしていたのです。生活《せいかつ》はゆたかではありませんでした。そんなときにミスティはバレエと出会《であ》います。そのときのことを、ミスティは「おどりがわたしを見《み》つけたの」といいます。自分《じぶん》がなによりもむちゅうになれることをして、お金《かね》をかせぐことができるなんて、考《かんが》えてもいなかったときに、〝おどりがミスティを見《み》つけた〟のです。

そんな大切《たいせつ》なおどりを、あきらめることなんて、できるわけがありません。

ミスティは手術《しゅじゅつ》をうけ、リハビリをがんばり、体《からだ》をうごかせるようになると、それまでいじょうに練習《れんしゅう》をして、〈アメリカン・バレエ・シアター〉に復帰《ふっき》します。そして、『白鳥《はくちょう》の湖《みずうみ》』の黒鳥《こくちょう》を、だれよりも力《ちから》づよく、だれよりもゆうがに、おどってみせたのです。

1982年《ねん》9月《がつ》10日《にち》—

アメリカ

「おどりがわたしを見《み》つけたの」

ミスティ・コープランド

ILLUSTRATION BY
PING ZHU

ミラバル姉妹《しまい》

THE MIRABAL SISTERS

活動家《かつどうか》

南《みなみ》アメリカのドミニカ共和国《きょうわこく》で、ラファエル・トルヒーヨという、わがままで、だれのいうことも聞《き》かない政《せい》治家《じか》が、国《くに》をおさめていたときのことです。ある四人姉妹《よにんしまい》が、自由《じゆう》をもとめてたたかいはじめました。ミネルバ、パトリア、マリア・テレサ、デデ――ミラバル家《け》の四人姉妹《よにんしまい》で、〈ラス・マリポーサス〉とよばれました。〝チョウたち〟という意味《いみ》です。

四人《よにん》は、パンフレットをくばり、トルヒーヨに反対《はんたい》する運動《うんどう》を進《すす》め、ドミニカに民主主義《みんしゅしゅぎ》をとりもどそうとします。もちろん、トルヒーヨは気《き》に入《い》りません。

トルヒーヨの考《かんが》えでは、女《おんな》の子《こ》はパーティーにつれていく相手《あいて》でしかありません。えらい男《おとこ》の人《ひと》のことはほめたたえるのが、当《あ》たり前《まえ》です。いつもにこにこしていればいいのです。それなのに、大《おお》きな声《こえ》をはりあげ、男《おとこ》のいうことにさからうどころか、政府《せいふ》をたおそうと考《かんが》えるなんて……けしからん！　ところが、〝チョウたち〟は負《ま》けません。ねばりづよくがんばります。トルヒーヨは、そんな〝チョウたち〟がおそろしくなり、あの手《て》この手《て》を使《つか》ってだまらせようとしたのです。

刑務所《けいむしょ》に入《い》れたり、弁護士《べんごし》の資格《しかく》をみとめなかったり、ミネルバとお母《かあ》さんをホテルの部屋《へや》にとじこめたり、なんと、ミネルバを自分《じぶん》の恋人《こいびと》にしようとまでしたのです。そんな手《て》にのるミネルバではありません。「じょうだんじゃないわよ」とぴしゃりとことわりました。

自分勝手《じぶんかって》な暴君《ぼうくん》の恋人《こいびと》になることなんて、ミネルバはのぞんでもいません。のぞんでいるのは、ドミニカが自由《じゆう》な国《くに》になることです。四人《よにん》姉妹《しまい》の勇気《ゆうき》ある行動《こうどう》は、ドミニカの人《ひと》たちの心《こころ》に火《ひ》をつけ、政府《せいふ》に反対《はんたい》する力《ちから》を生《う》みだしました。

そして、みんなで力《ちから》を合《あ》わせて、トルヒーヨをたおしたのです。

トルヒーヨは自分《じぶん》がどれだけえらいかを示《しめ》すために、高《たか》さが四十二《よんじゅうに》メートルもある、オベリスクという記念碑《きねんひ》をたてました。今《いま》では、その記念碑《きねんひ》には、暴君《ぼうくん》に立《た》ちむかったゆうかんな四《よん》ひきのチョウ、ミラバル姉妹《しまい》をたたえる壁画《へきが》がかざられています。

パトリア：1924年《ねん》2月《がつ》27日《にち》—1960年《ねん》11月《がつ》25日《にち》、ミネルバ：1926年《ねん》3月《がつ》12日《にち》—1960年《ねん》11月《がつ》25日《にち》、マリア・テレサ：1935年《ねん》10月《がつ》15日《にち》—1960年《ねん》11月《がつ》25日《にち》、デデ：1925年《ねん》3月《がつ》1日《にち》—2014年《ねん》2月《がつ》1日《にち》

ドミニカ共《きょう》和《わ》国《こく》

「人《ひと》びとをくるしめ、自分《じぶん》たちばかりが
いい思《おも》いをしたがる政府《せいふ》のもとで、
この国《くに》の子《こ》どもたちがそだっていくのを、
ゆるすことはできません」
パトリア・ミラバル

ILLUSTRATION BY
RITA PETRUCCIOLI

ミリアム・マケバ

MIRIAM MAKEBA

活動家《かつどうか》／歌手《かしゅ》

むかし、南《みなみ》アフリカ共和国《きょうわこく》では、人《ひと》びとが肌《はだ》の色《いろ》によって区別《くべつ》され、まったくちがう生活《せいかつ》をしなくてはなりませんでした。黒人《こくじん》と白人《はくじん》がいっしょにすごしたり、恋《こい》をして家族《かぞく》になったりすることは、法律《ほうりつ》で禁止《きんし》されていました。このざんこくな制度《せいど》を、アパルトヘイトといいます。

そんな時代《じだい》の南《みなみ》アフリカに、ミリアムという女《おんな》の子《こ》が生《う》まれました。ミリアムは小《ちい》さいころから、歌《うた》がだいすきでした。毎週《まいしゅう》、日曜日《にちようび》にお母《かあ》さんといっしょに教会《きょうかい》にかようちに大人《おとな》にまじってどうしても聖歌隊《せいかたい》で歌《うた》いたくなり、練《れん》習《しゅう》があると教会《きょうかい》の裏口《うらぐち》からこっそりしのびこんでいたといいます。

大人《おとな》になったミリアムは、〈スカイラークス〉という女《おんな》の人《ひと》だけのコーラスグループをけっせいして、百曲以上《ひゃっきょくいじょう》もの歌《うた》をレコーディングしました。

ミリアムは、南《みなみ》アフリカの伝統的《でんとうてき》な音楽《おんがく》にジャズを組《く》みあわせて南《みなみ》アフリカのくらしを、歌《うた》で伝《つた》えました。どんなことがうれしくて、どんなことがかなしくて、どんなことに腹《はら》が立《た》つのか、歌《うた》でうったえました。それから、あのアパルトヘイトのことも。みんな、ミリアムの歌《うた》がだいすきになりました。なかでも〈パタ・パタ〉という歌《うた》は大《だい》ヒットしました。

けれども政府《せいふ》は、ミリアムの歌《うた》にこめられた、アパルトヘイトに反対《はんたい》するメッセージが気《き》に入《い》りません。ミリアムのこうぎの声《こえ》をおさえこむため、ミリアムがツアーで南《みなみ》アフリカをはなれるときに、パスポートをとりあげて、国《くに》にもどってこられないようにしたのです。

ミリアムは世界中《せかいじゅう》をまわって、いろいろな国《くに》で歌《うた》い、いつしか、自由《じゆう》と正義《せいぎ》をもとめてたたかうアフリカの人《ひと》たちのシンボルになって〝ママ・アフリカ〟とよばれるようになります。ミリアムが南《みなみ》アフリカに帰《かえ》ることができたのは、三十一年《さんじゅういちねん》もたってからのことでした。

それからまもなく、南《みなみ》アフリカの人《ひと》びとをくるしめていた、アパルトヘイトは、はいしされました。七十六歳《ななじゅうろくさい》でなくなったときには、南《みなみ》アフリカのマンデラ元大統領《もとだいとうりょう》が「われわれの新《あたら》しい国《くに》の母親《ははおや》のような存在《そんざい》だった」と、〝ママ・アフリカ〟の死《し》をいたみました。

1932年《ねん》3月《がつ》4日《にち》—2008年《ねん》11月《がつ》9日《にち》

南《みなみ》アフリカ共和国《きょうわこく》

ILLUSTRATION BY
HELENA MORAIS SOARES
「〈パタ・パタ〉がかかると、
すぐにみんな、体《からだ》をゆらしはじめるの」
ミリアム・マケバ

メアリー・アニング

MARY ANNING

古生物学者《こせいぶつがくしゃ》

イギリスの南《みなみ》のほうの海岸《かいがん》にあるちっぽけな家《いえ》に、メアリーという女《おんな》の子《こ》が住《す》んでいました。メアリーの家《いえ》は海《うみ》のすぐそばに立《た》っていたので、あらしがくると、水《みず》びたしになってしまうこともありました。

海《うみ》ぞいのがけには、風《かぜ》や雨《あめ》がはげしくうちつけます。すると、表面《ひょうめん》の土《つち》がはがれおちて、化《か》石《せき》が顔《かお》をのぞかせることがありました。化石《かせき》というのは、人間《にんげん》が文字《もじ》で記録《きろく》をのこすようになるよりも、ずっと前《まえ》にはえていた植物《しょくぶつ》がのこったものや、ものすごく昔《むかし》に死《し》んだ動物《どうぶつ》の骨《ほね》などのことです。

メアリーは、とてもまずしい家庭《かてい》にそだったので、学校《がっこう》にかようことができませんでした。けれども、自分《じぶん》で読《よ》み書《か》きの勉強《べんきょう》をしました。家《いえ》のそばのがけや岩《いわ》のことをもっと知《し》りたくなると、地質学《ちしつがく》も勉強《べんきょう》しました。がけで見《み》つけた動物《どうぶつ》の骨《ほね》のことももっと知《し》りたくなって、こんどは解剖学《かいぼうがく》を勉強《べんきょう》しました。

ある日《ひ》のことです。メアリーは、見《み》たことのないような形《かたち》をしたものが、がけからつき出《だ》しているのに気《き》づきました。そこで、とくべつにこしらえた小型《こがた》ハンマーをとりだして、岩《いわ》をすこしずつ、すこしずつ、ていねいにけずりはじめました。だんだんとあらわれてきたのは、十《じゅう》メートルちかくもある骨《ほね》でした。長《なが》いくちばしがありますが、鳥《とり》ではありません。するどい歯《は》がならんでいますが、サメではありません。ひれあしがついていますが、イルカでもありません。それに、細《ほそ》くて長《なが》いしっぽまでついています！ そう、恐竜《きょうりゅう》だったのです。こんなかっこうをした恐竜《きょうりゅう》の全身《ぜんしん》の化石《かせき》が見《み》つかったのは、世界《せかい》ではじめてのことでした。

メアリーの発見《はっけん》した恐竜《きょうりゅう》は、イクチオサウルスと名《な》づけられました。〝魚《さかな》トカゲ〟という意《い》味《み》です。

そのときまで、地球《ちきゅう》が生《う》まれたのは、ほんの何千年《なんぜんねん》か前《まえ》のことだと信《しん》じられていました。メアリーがイクチオサウルスの化石《かせき》を発見《はっけん》したことで、地球《ちきゅう》には何億年《なんおくねん》もの昔《むかし》から生《い》き物《もの》が存在《そんざい》したことがわかったのです。

海辺《うみべ》を歩《ある》くのがだいすきで、ひとりでこつこつ勉強《べんきょう》して科学者《かがくしゃ》になったメアリーに、世界中《せかいじゅう》の科学者《かがくしゃ》たちが会《あ》いにきたのでした。

1799年《ねん》5月《がつ》21日《にち》—1847年《ねん》3月《がつ》9日《にち》

イギリス

ILLUSTRATION BY
MARTINA PAUKOVA
「ヨーロッパじゅうの人《ひと》たちが、
わたしの名前《なまえ》を知《し》ってるのよ」
メアリー・アニング

メアリー・エドワーズ・ウォーカー

MARY EDWARDS WALKER

軍医《ぐんい》

昔《むかし》　むかし、メアリーという女《おんな》の子《こ》がいました。メアリーはいつも自分《じぶん》のすきなかっこうをしていました。ブーツにズボン、シャツにネクタイというかっこうでした。

　そのころの女《おんな》の子《こ》は、ウエストをひもでぎゅっとしめるコルセットをつけて、スカートの下《した》になんまいものペチコートをはくのが、当《あ》たり前《まえ》だと思《おも》われていました。けれども、友《とも》だちのおうちとはちがって、メアリーのお父《とう》さんもお母《かあ》さんも、だれもが自分《じぶん》の着《き》たい服《ふく》を着《き》ればいいと考《かんが》えていました。もちろん、女《おんな》の子《こ》も。お父《とう》さんは自分《じぶん》でこつこつ勉強《べんきょう》してお医者《いしゃ》さんになった人《ひと》でしたが、ズボンとシャツという着《き》ごこちのいいものを着《き》ているほうが、子《こ》どもたちもきぶんがいいだろうし、健康《けんこう》にもいいにちがいないと考《かんが》えていたのです。とくに、夏《なつ》のむしあついときには。

「はなしのわかるお父《とう》さんでよかった！」とメアリーは思《おも》いました。それに、なんといっても、男《おとこ》の子《こ》の服《ふく》のほうが着《き》たかったのです。

　お父《とう》さんからは、勉強《べんきょう》するのは大切《たいせつ》なことだ、ともいわれていたので、メアリーは大学《だいがく》の医学《いがく》部《ぶ》で勉強《べんきょう》をすることにします。まだ女《おんな》のお医者《いしゃ》さんはめずらしかった時代《じだい》でしたが、メアリーは医学部《いがくぶ》を卒業《そつぎょう》すると、お医者《いしゃ》さんになりました。

　結婚《けっこん》した相手《あいて》は、いっしょに勉強《べんきょう》をしていた仲間《なかま》のお医者《いしゃ》さんでした。結婚式《けっこんしき》のときも、メアリーはズボンとジャケットを着《き》ました。ウェディングドレスよりもすきだったからです。

　男《おとこ》の人《ひと》の服《ふく》を着《き》ている、という理由《りゆう》で、たいほされたこともありました。でも、メアリーにとっては、それが服《ふく》なのです。自分《じぶん》が着《き》たいものを着《き》ていただけなのです。

　やがて、アメリカが南軍《なんぐん》と北軍《ほくぐん》にわかれて戦《せん》争《そう》をはじめます。メアリーは北軍《ほくぐん》の力《ちから》になりたいと思《おも》って、自分《じぶん》から軍《ぐん》のお医者《いしゃ》さんとしてはたらきたい、とねがいでました。そして、たくさんの人《ひと》の命《いのち》をすくいました。そのかつやくをみとめられて、戦争《せんそう》がおわると、名誉勲章《めいよくんしょう》をもらいます。その勲章《くんしょう》を、メアリーは、ネクタイのすぐ横《よこ》の、コートのえりにとめて、死《し》ぬまでずうっと身《み》につけていたといいます。

1832年《ねん》11月《がつ》26日《にち》—1919年《ねん》2月《がつ》21日《にち》

アメリカ

「この時代《じだい》の人《ひと》たちに知《し》ってほしいのです、
制服《せいふく》を着《き》た男《おとこ》の人《ひと》だけでなく、女《おんな》の人《ひと》もまた、
自由《じゆう》をまもるためにたたかったのだ、と」
メアリー・エドワーズ・ウォーカー

メアリー・コム

MARY KOM

ボクサー

ちょっとだけむかし、インドにメアリーという、やせっぽちの女《おんな》の子《こ》がいました。メアリーのおうちはとてもまずしくて、食事《しょくじ》も満足《まんぞく》に食《た》べられないこともありました。家族《かぞく》にはもっとらくなくらしをしてほしい、と思《おも》っていたメアリーは、ボクサーになってお金《かね》をかせごう、と決心《けっしん》して、思《おも》いきってボクシングジムのコーチのところにいきました。「ボクシングをおしえてくれませんか？」

コーチはこたえます。「そんなちっぽけなやつにボクシングなんかできるもんか。さあ、帰《かえ》った、帰《かえ》った」けれども、その日《ひ》のトレーニングをおえたコーチが、ジムを出《で》ようとすると……おどろいたことに、門《もん》のところでメアリーがまちかまえていたのです。

「わたし、ボクシングがしたいんです。リングにあがらせてください」

コーチは、しぶしぶながら、メアリーのたのみを聞《き》きいれました。メアリーはいっしょうけんめい練習《れんしゅう》をしました。そのうち、試合《しあい》にも出《で》るようになって、何度《なんど》も勝《か》ちました。でも、お父《とう》さんとお母《かあ》さんには、心配《しんぱい》をかけたくなくて、ないしょにしていました。

ところが、ある日《ひ》、お父《とう》さんは新聞《しんぶん》を読《よ》んでいて、メアリーの記事《きじ》を見《み》つけます。「これはおまえのことか？」とお父《とう》さんは心配《しんぱい》そうにたずねました。「そうよ」メアリーは胸《むね》をはりました。「けがでもしたらどうするの？ うちにはお金《かね》がないんだから、お医者《いしゃ》さんにみてもらえないのよ」とお母《かあ》さんもいいます。「だいじょうぶ。うんと練習《れんしゅう》して、できるだけ相手《あいて》のパンチをかわせるようになるから」

そのことばどおり、メアリーは合宿所《がっしゅくじょ》にとまりこみで練習《れんしゅう》をしました。肉《にく》を買《か》えるほどのお金《かね》はなかったので、野菜《やさい》と米《こめ》を食《た》べ、朝《あさ》ごはんは食《た》べないことにしました。昼《ひる》ごはんと夜《よる》ごはんの分《ぶん》のお金《かね》しかなかったのです。そうやって努力《どりょく》をかさねて、ついにチャンピオンになりました。

それからも、試合《しあい》に出《で》てはつぎつぎにメダルを勝《か》ちとりました。なんと、オリンピックの銅《どう》メダルまで！ そして、子《こ》どものころに夢《ゆめ》みていたとおり、メアリーのおかげで、家族《かぞく》はらくなくらしができるようになったのです。

1983年《ねん》3月《がつ》1日《にち》—

インド

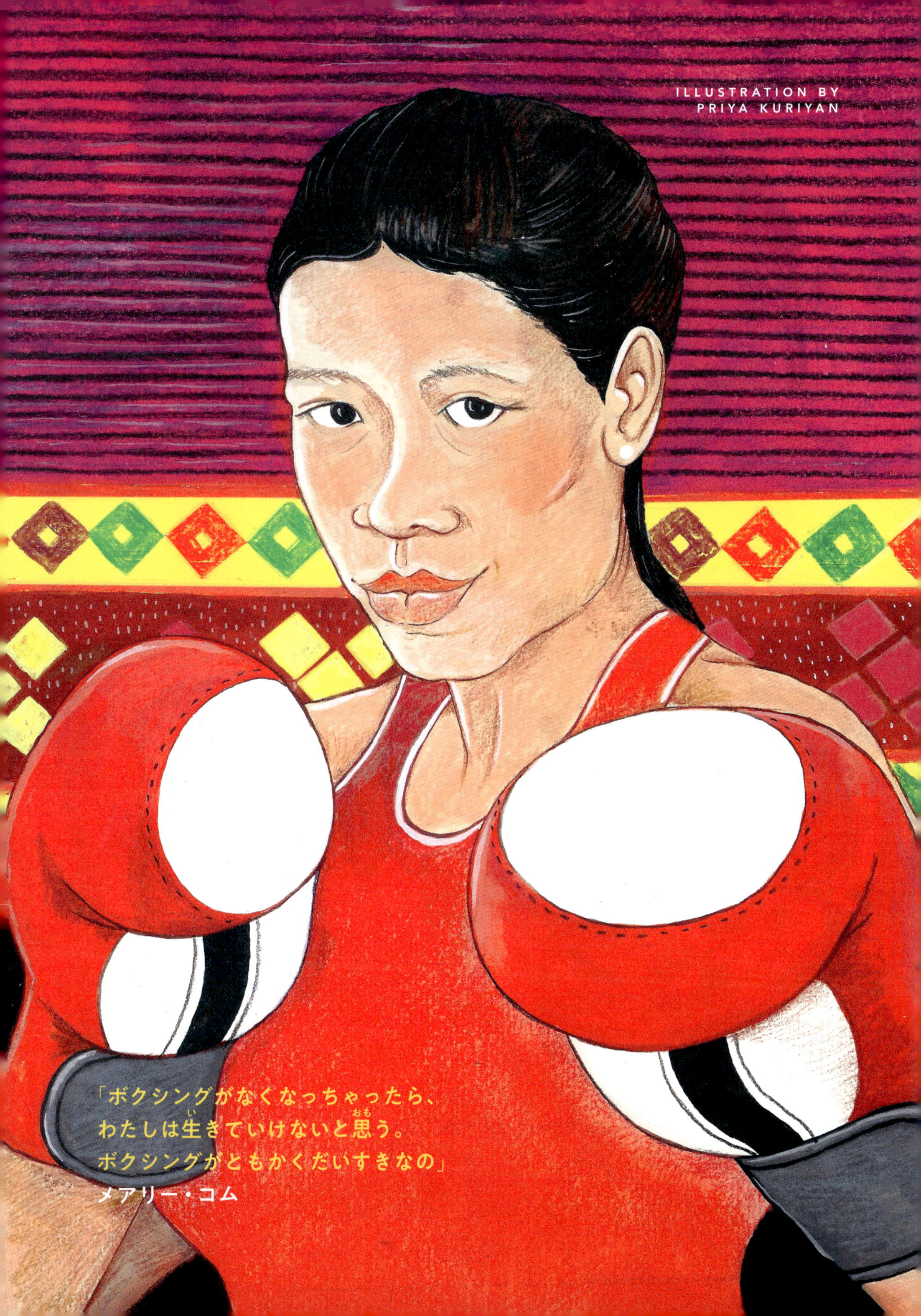

「ボクシングがなくなっちゃったら、
わたしは生《い》きていけないと思《おも》う。
ボクシングがともかくだいすきなの」
メアリー・コム

メイ・C《シー》・ジェミソン

MAE C.JEMISON

宇宙飛行士《うちゅうひこうし》／医師《いし》

あるところに、やってみたいことがたくさんあってこまっている、メイという女《おんな》の子《こ》がいました。

人形《にんぎょう》のドレスをぬっていると、将来《しょうらい》はファッションデザイナーになりたくなります。宇宙旅行《うちゅうりょこう》のことが書《か》いてある本《ほん》を読《よ》むと、宇宙飛行士《うちゅうひこうし》になりたくなりました。こわれたおもちゃをなおしていると、エンジニアになるほうがおもしろいかもしれない、という気《き》がしてきます。劇場《げきじょう》に行《い》ってすばらしいダンスを見《み》ると、「やっぱりダンサーになろう」と思《おも》うのです。

まずは大学《だいがく》に入《はい》って化学工学《かがくこうがく》を勉強《べんきょう》しました。アメリカにいるアフリカ系《けい》の人《ひと》たちのことも勉強《べんきょう》しました。それだけではなく、お医者《いしゃ》さんになるための勉強《べんきょう》もしたのです。そのあいまにロシア語《ご》とスワヒリ語《ご》と日本語《にほんご》を勉強《べんきょう》して、話《はな》せるようにもなりました。そして、お医者《いしゃ》さんになって、カンボジアやアフリカのシエラレオネという国《くに》でボランティア活動《かつどう》をしました。

そのあと大変身《だいへんしん》をします。宇宙《うちゅう》を調査《ちょうさ》するNASA《ナサ》というアメリカの研究機関《けんきゅうきかん》の試験《しけん》をうけて、宇宙飛行士《うちゅうひこうし》をめざしたのです。一年間《いちねんかん》のくんれんをおえて、メイはスペースシャトルにのって、宇宙《うちゅう》へととびたちました。

宇宙《うちゅう》にいるあいだに、メイはスペースシャトルのほかの乗組員《のりくみいん》にいろいろな検査《けんさ》をしました。メイは宇宙飛行士《うちゅうひこうし》であるだけではなく、お医者《いしゃ》さんでもあったからです。地球《ちきゅう》にいるときとちがって、宇宙《うちゅう》にとびだすと重力《じゅうりょく》がなくなるので、体《からだ》がふわふわういてしまいます。そうなったときに乗《の》り物《もの》よいになる人《ひと》もいるでしょう。それをふせぐにはどうしたらいいか、というのもメイの研究《けんきゅう》テーマのひとつでした。

いくつもの検査《けんさ》や実験《じっけん》をおえて、地球《ちきゅう》にもどってきたとき、メイは自分《じぶん》が本当《ほんとう》にやりたかったことに気《き》づきます。「たしかに宇宙《うちゅう》にいたときはとってもたのしかったけれど、本当《ほんとう》にやりたいのは、アフリカの人《ひと》たちが健康《けんこう》にくらせるように手助《てだす》けをすることだわ」

メイはNASA《ナサ》をやめて、アフリカの人《ひと》たちの健康《けんこう》をまもるための会社《かいしゃ》をつくって、人工衛星《じんこうえいせい》をりようすることを思《おも》いつきます。

メイ・ジェミソンは、アフリカ系《けい》アメリカ人《じん》の女《おんな》の人《ひと》で、はじめて宇宙《うちゅう》に行《い》った人《ひと》です。

1956年《ねん》10月《がつ》17日《にち》—

アメリカ

ILLUSTRATION BY
KARABO MOLETSANE
「ずっと前《まえ》からわかってたわ、
いつかわたしは宇宙《うちゅう》に行《い》くって」
メイ・C《シー》・ジェミソン

メルバ・リストン

MELBA LISTON

トロンボーン奏者《そうしゃ》

むかし、トロンボーンをえんそうしたいと思《おも》った、メルバという女《おんな》の子《こ》がいました。

メルバが七歳《ななさい》のとき、町《まち》に移動楽器店《いどうがっきてん》がやってきました。ぴかぴかがやく、金管楽器《きんかんがっき》を見《み》つけたメルバは、どうしても手《て》に入《い》れたくなりました。「あの楽器《がっき》を？」お母《かあ》さんはびっくりします。「あなたみたいな、おちびさんが？あなたの背《せ》の高《たか》さと、変《か》わらないぐらい大《おお》きいのに」

それでもメルバはあきらめません。「だって、あんなにきれいなんだもの」

メルバは毎日《まいにち》、トロンボーンをふくようになりました。レッスンもうけてみましたが、先生《せんせい》にどうしてもなじめません。「いいわ、自分《じぶん》で勉強《べんきょう》するから。耳《みみ》で聞《き》いておぼえたとおりにえんそうすればいいだけよ」それにはうんと努力《どりょく》がひつようでしたが、メルバはくじけませんでした。トロンボーンの力《ちから》づよい音色《ねいろ》が、だいすきだったからです。そして、一年《いちねん》もたたないうちに、地元《じもと》のラジオ局《きょく》で、ソロでえんそうできるほど、うまくなったのです。

トランペット奏者《そうしゃ》のジェラルド・ウィルソンがリーダーをつとめるバンドとアメリカをまわるツアーに出《で》たのは、まだ二十歳《はたち》になる前《まえ》でした。その数年後《すうねんご》、ビリー・ホリデイがアメリカ南部《なんぶ》にツアーに出《で》ることになると、そのバンドの一員《いちいん》にもえらばれます。ビリー・ホリデイといえば、知《し》らない人《ひと》はだれもいないというぐらい有名《ゆうめい》なジャズ歌手《かしゅ》です。

ところが、そのツアーは、みんなが思《おも》っていたほど、ひょうばんにはなりませんでした。ツアーからもどってきたとき、メルバはトロンボーンをえんそうするのはもうやめようと思《おも》います。それでも音楽《おんがく》を愛《あい》する熱《あつ》い気持《きも》ちをおさえることはできません。すぐにまた曲《きょく》をつくったり、えんそうしたりするようになったのです。『メルバ・リストンとボーン』というソロアルバムも出《だ》しました。〝ボーン〟は、メルバのだいすきなトロンボーンを短《みじか》くしたことばです。ほかのミュージシャンのために編曲《へんきょく》も手《て》がけました。二十世紀《にじゅっせいき》のジャズの名曲《めいきょく》に、新《あたら》しいリズムや、ハーモニーや、メロディをおりこんで、きらびやかでかれいな曲《きょく》に編《あ》みあげたのです。

1926年《ねん》1月《がつ》13日《にち》—1999年《ねん》4月《がつ》23日《にち》

アメリカ

ILLUSTRATION BY
ALICE BARBERINI

「ほら、見《み》て、こんなにぴかぴかしてる！」

メルバ・リストン

モード・スティーヴンス・ワグナー

MAUD STEVENS WAGNER

タトゥー・アーティスト

むかし、アメリカにタトゥー《いれずみ》のだいすきな、モードという女《おんな》の子《こ》がいました。モードはサーカスの団員《だんいん》で、お客《きゃく》さんに曲芸《きょくげい》を見《み》せていました。体《からだ》がとてもやわらかくて、自由《じゆう》にまげることができて、空中《くうちゅう》ブランコもとくいでした。うんと高《たか》いところをとびまわるモードの姿《すがた》を見《み》るために、たくさんの人《ひと》がまいばんのようにやってきました。

ある日《ひ》のこと、モードはガス・ワグナーという男《おとこ》の人《ひと》と出会《であ》います。ガスは体《からだ》じゅうにタトゥーを入《い》れていました。ようく見《み》ると、サルのタトゥーがありました。チョウのタトゥーもありました。それだけではありません、ライオンに、馬《うま》に、ヘビに、木《き》に、女《おんな》の人《ひと》に……だれもがぱっと思《おも》いつくものはなんでも、たいてい、ガスの体《からだ》に彫《ほ》られていたのです。「おれは、歩《ある》いてしゃべる芸術品《げいじゅつひん》なんだ」とガスはいいました。

モードはガスのタトゥーがすっかり気《き》にいってしまいました。「あたしにもタトゥーを入《い》れてくれたら、デートしてもいいわよ」とガスにいいました。ガスはモードの体《からだ》に、まずはひとつだけ、タトゥーを入《い》れました。それから、もうひとつ、さらにもうひとつ……そのうちに、モードも体《からだ》じゅうタトゥーでいっぱいになりました。

タトゥーを入《い》れるにはむずかしい技術《ぎじゅつ》がひつようです。モードはその技術《ぎじゅつ》をあっというまにおぼえてしまいました。そして、サーカスの公《こう》演《えん》や移動遊園地《いどうゆうえんち》で曲芸《きょくげい》の仕事《しごと》をつづけながら、ほかの団員《だんいん》やお客《きゃく》さんたちにタトゥーを入《い》れる仕事《しごと》もはじめたのです。

そのころ、タトゥーはめずらしいものでした。タトゥーをひと目見《めみ》ようと、おおぜいの人《ひと》がサーカスにおしよせ、もようにおおわれた肌《はだ》をあらわにした団員《だんいん》たちの姿《すがた》に見《み》とれた、といわれています。

モードとガスは、ふたりで協力《きょうりょく》しあって仕事《しごと》をつづけ、たがいにとって、なくてはならない存在《そんざい》になり、やがて結婚《けっこん》します。そして、最初《さいしょ》はサーカスで見《み》てもらうものでしかなかったタトゥーを、芸術《げいじゅつ》として国《くに》じゅうに広《ひろ》めました。モード・スティーヴンス・ワグナーは、アメリカで最初《さいしょ》に有名《ゆうめい》になった、女《おんな》のタトゥー・アーティストです。

1877年《ねん》2月《がつ》―1961年《ねん》1月《がつ》30日《にち》

アメリカ

ILLUSTRATION BY
GIULIA FLAMINI

「あたしにタトゥーを入《い》れて」
モード・スティーヴンス・ワグナー

ヤァ・アサンテワァ

YAA ASANTEWAA

皇太后《こうたいごう》

むかし、今《いま》のガーナという国《くに》に、アサンテ連合王国《れんごうおうこく》という黄金《おうごん》がたくさんとれる国《くに》がありました。その国《くに》に、ヤァという名前《なまえ》の、つよい心《こころ》をもった皇太后《こうたいごう》がいました。

アサンテ連合王国《れんごうおうこく》には、〝黄金《おうごん》の床几《しょうぎ》〟という、しんせいないすがありました。アサンテ連《れん》合王国《ごうおうこく》のすべての人《ひと》の魂《たましい》の家《いえ》のようなもので、死《し》んでしまった人《ひと》の魂《たましい》も、生《い》きている人《ひと》の魂《たましい》も、これから生《う》まれてくる人《ひと》の魂《たましい》も、〝黄金《おうごん》の床几《しょうぎ》〟にすんでいる、と考《かんが》えられていたのです。

そのいすには、魔法《まほう》の力《ちから》がやどっていると信《しん》じられていて、皇太后《こうたいごう》や王族《おうぞく》たちでも、さわってはいけなかったのです。

ある日《ひ》のこと、イギリスからやってきた総督《そうとく》が、「アサンテ連合王国《れんごうおうこく》をイギリスの植民地《しょくみんち》にする」とせんげんしました。そして、「おまえたちの〝黄金《おうごん》の床几《しょうぎ》〟には、今日《きょう》からわれわれがすわる。ただちにここにもってこい」とめいじたのです。

アサンテ連合王国《れんごうおうこく》の指導者《しどうしゃ》たちは、ショックをうけました。王《おう》さまでもない人《ひと》が〝黄金《おうごん》の床《しょう》几《ぎ》〟にこしかけるなんて、とんでもないぶじょくです。けれどもイギリスはつよい国《くに》です。連《れん》合王国《ごうおうこく》の指導者《しどうしゃ》たちは、ひとりまたひとりと、総督《そうとく》のいうことを聞《き》くようになっていきました。

でも、ヤァ皇太后《こうたいごう》はちがいました。つよく反《はん》対《たい》したのです。「あなたたちアサンテの男《おとこ》たちが前《まえ》に進《すす》もうとしないのなら、わたしたち女《おんな》が前《まえ》に出《で》て、白人《はくじん》たちとたたかいます」

ヤァ皇太后《こうたいごう》は五千人《ごせんにん》の兵士《へいし》をたたかいにおくりだしました。イギリス軍《ぐん》は武器《ぶき》をたくさんもっています。はげしいたたかいになりました。ざんねんながら、アサンテ連合王国《れんごうおうこく》は負《ま》けてしまいました。ヤァ皇太后《こうたいごう》はとらえられて、セーシェル島《とう》に追放《ついほう》されて、愛《あい》する祖国《そこく》には二度《にど》と帰《かえ》ることはできませんでした。

それでも、アサンテ連合王国《れんごうおうこく》の人《ひと》たちは、ヤァ皇太后《こうたいごう》の勇気《ゆうき》をけっしてわすれませんでした。ヤァ皇太后《こうたいごう》がなくなってから何年《なんねん》もかかりましたが、アサンテ連合王国《れんごうおうこく》のあったガーナは、イギリスから独立《どくりつ》をはたします。そして、アサンテの人《ひと》たちは、今《いま》でも、ヤァ皇太后《こうたいごう》のつよい心《こころ》をたたえる歌《うた》を歌《うた》うのです。

1840年《ねん》ごろ—1921年《ねん》10月《がつ》17日《にち》

アサンテ連合王国《れんごうおうこく》(今《いま》のガーナ)

ILLUSTRATION BY
NOA SNIR

「あなたたち、
アサンテの男《おとこ》たちが
前《まえ》に進《すす》もうとしないのなら、
わたしたち女《おんな》が前《まえ》に出《で》ます」
ヤァ・アサンテワァ

ユスラ・マルディニ

YUSRA MARDINI

水泳選手《すいえいせんしゅ》

シリアのダマスカスという町《まち》に、ユスラという名前《なまえ》の女《おんな》の子《こ》が住《す》んでいました。ユスラは水泳《すいえい》の選手《せんしゅ》です。

ユスラとお姉《ねえ》さんは、毎日《まいにち》、ちかくのプールで練習《れんしゅう》をしていました。けれども、シリアでは政府軍《せいふぐん》と反政府軍《はんせいふぐん》が戦争《せんそう》をしていて、ある日《ひ》、そのプールにも爆弾《ばくだん》がおとされます。運《うん》のいいことに、そのときユスラはたまたま、プールに来《き》ていなかったのです。

そのすぐあと、今度《こんど》はユスラのおうちも爆弾《ばくだん》ではかいされてしまいます。そのときもユスラはたまたま、おうちにいませんでした。おかげで、なんとか命《いのち》は助《たす》かりましたが、住《す》むところも、持《も》ちものも、なにもかもなくなってしまいました。そこでシリアをはなれて、別《べつ》の国《くに》に逃《に》げることにしたのです。

ドイツは水泳選手《すいえいせんしゅ》がかつやくしやすい国《くに》だと聞《き》いていたので、ドイツにむかうことに決《き》めました。長《なが》くてつらい旅《たび》になるに決《き》まっています。けれども、ユスラはくじけません。

お姉《ねえ》さんといっしょに、難民《なんみん》のグループに入《はい》って、一《いっ》か月《げつ》もかかる旅《たび》に出発《しゅっぱつ》しました。いくつもの国《くに》をとおって、ボートにのり、ギリシャ領《りょう》のレスボス島《とう》にむかいました。

ボートは六人《ろくにん》のりでした。せいぜい七人《しちにん》のるのがやっとです。そこに二十人近《にじゅうにんちか》くの人《ひと》がのったのです。だからでしょうか、とちゅうできゅうに、ボートのエンジンがとまってしまいます。

「海《うみ》なんかで死《し》ぬわけにはいかないわ」とユスラは思《おも》いました。「だって、お姉《ねえ》さんもわたしも、水泳選手《すいえいせんしゅ》なんだから」ユスラと、お姉《ねえ》さんと、あともうひとり、男《おとこ》の子《こ》が海《うみ》にとびこみました。

それから三時間以上《さんじかんいじょう》も、その三人《さんにん》でボートをおしたり、ひっぱったりしながら、いっしょうけんめいおよぎつづけ、ようやく海岸《かいがん》にたどりついたのです。

長《なが》いながい旅《たび》がおわって、ドイツの土《つち》をふむやいなや、ユスラはこうたずねました。「スイミングクラブはどこにありますか?」

ユスラは、もちろん、スイミングクラブに入《はい》りました。それだけではなく、なんと、2016年《ねん》のリオデジャネイロ・オリンピックに、難《なん》民選手団《みんせんしゅだん》の一員《いちいん》として出場《しゅつじょう》したのでした。

1998年《ねん》3月《がつ》5日《にち》—

シリア

ILLUSTRATION BY
JESSICA M.COOPER

「難民《なんみん》の人《ひと》たちひとりひとりに、
わたしのことをほこりに思《おも》ってほしいんです」
ユスラ・マルディニ

ラクシュミー・バーイー

LAKSHMI BAI

たたかう王妃《おうひ》

昔《むかし》

むかし、インドのジャーンシー藩王《はんおう》国《こく》というところに、たたかうことがだいすきな、おてんばな女《おんな》の子《こ》がくらしていました。

その子《こ》は、おそわれたときに身《み》をまもる方法《ほうほう》や、弓《ゆみ》や剣《けん》のあつかい方《かた》を学《まな》び、重量挙《じゅうりょうあ》げやレスリングの練習《れんしゅう》もしていました。馬《うま》にのることも、だれにも負《ま》けないぐらいじょうずでした。

その子《こ》はラクシュミー・バーイーという名前《なまえ》でした。

ラクシュミーはその後《ご》、ジャーンシー藩王国《はんおうこく》の王《おう》さまだったガンガーダル・ラーオと結婚《けっこん》して、王妃《おうひ》さまになりました。ふたりのあいだには男《おとこ》の子《こ》が生《う》まれますが、まだ赤《あか》ちゃんのうちに死《し》んでしまいます。そのあとをおうように、まもなくガンガーダルもなくなりました。むすこをうしなったかなしみから、立《た》ちなおることができなかったのです。

そのころ、インドを支配《しはい》していたイギリスは、ジャーンシー藩王国《はんおうこく》も支配《しはい》しようと考《かんが》えました。「ガンガーダルもむすこも死《し》んでしまったのだから、王妃《おうひ》は王宮《おうきゅう》から出《で》ていくべきだ」とラクシュミーにめいれいしたのです。ラクシュミーは裁判《さいばん》を起《お》こしてたたかおうとしましたが、裁《さい》判官《ばんかん》たちはとりあってくれません。

そこで、ラクシュミーはイギリスの支配《しはい》に反《はん》対《たい》する人《ひと》たちを集《あつ》めて軍隊《ぐんたい》をつくります。男《おとこ》の人《ひと》だけでなく、女《おんな》の人《ひと》もくわわって、二万人《にまんにん》もの人《ひと》たちが立《た》ちあがったのです。

はげしいたたかいになりました。ラクシュミーの軍《ぐん》は王宮《おうきゅう》に追《お》いつめられ、負《ま》けてしまいます。それでも、ラクシュミーはあきらめません。馬《うま》にのって王宮《おうきゅう》の高《たか》いかべからとびおりると、敵《てき》をかわして東《ひがし》にむかい、もっとおおぜいの仲《なか》間《ま》を集《あつ》めました。ラクシュミーのようなわかくてゆうかんな女《おんな》の子《こ》たちも、どんどん仲間《なかま》にくわわりました。

そうしてできあがった新《あたら》しい軍隊《ぐんたい》をひきいて、ラクシュミーはたたかいにもどります。馬《うま》にまたがり、男《おとこ》の人《ひと》のようなかっこうをして。

イギリス軍《ぐん》のある司令官《しれいかん》は、あとになってラクシュミーのことをこんなふうにいったそうです。「反乱軍《はんらんぐん》のリーダーの中《なか》で、だれよりもいちばん甘《あま》くみてはいけない相手《あいて》だった」

1828年《ねん》11月《がつ》19日《にち》—1858年《ねん》6月《がつ》18日《にち》

インド

ILLUSTRATION BY
LIEKE VAN DER VORST
「突撃《とつげき》！」
ラクシュミー・バーイー

リータ・レーヴィ・モンタルチーニ

RITA LEVI MONTALCINI

科学者《かがくしゃ》

リータは、ばあやがガンで死《し》んだとき、大《おお》きくなったらお医者《いしゃ》さんになろう、と心《こころ》に決《き》めました。

そのための勉強《べんきょう》をはじめて、リータは神経細《しんけいさい》胞《ぼう》というものを知《し》ります。わたしたちの脳《のう》は、その神経細胞《しんけいさいぼう》がたくさん集《あつ》まってできています。リータは神経細胞《しんけいさいぼう》にむちゅうになりました。

大学《だいがく》を卒業《そつぎょう》すると、同《おな》じクラスのゆうしゅうな仲間《なかま》たちとともに、ジュゼッペ・レーヴィという天才的《てんさいてき》な教授《きょうじゅ》のもとで研究《けんきゅう》をはじめました。

そのころのイタリアでは、ムッソリーニという自分勝手《じぶんかって》なリーダーが出《で》てきて、気《き》にくわない人《ひと》たちをつぎつぎにのけものにしていました。リータとレーヴィ教授《きょうじゅ》がとても重要《じゅうよう》な研究《けんきゅう》を進《すす》めていたときのことです。そのムッソリーニが、ユダヤ人《じん》は大学《だいがく》ではたらいてはいけない、という法律《ほうりつ》をつくってしまいました。

リータも教授《きょうじゅ》もユダヤ人《じん》です。ふたりはベルギーに逃《に》げだしますが、今度《こんど》はナチス・ドイツがベルギーにせめてきました。リータと教授《きょうじゅ》はしかたなくイタリアにもどります。

つかまらないようにいつも身《み》をかくしていなくてはならないので、研究所《けんきゅうじょ》に行《い》くこともできません。研究《けんきゅう》をつづけるのは、とてもたいへんです。でも、リータはあきらめませんでした。

寝室《しんしつ》を小《ちい》さな研究室《けんきゅうしつ》にしたのです。ぬいものにつかう針《はり》をうんととがらせて、手術用《しゅじゅつよう》の器具《きぐ》をこしらえ、ベッドのまん前《まえ》に小《ちい》さな手術台《しゅじゅつだい》をおいて、そこでニワトリをかいぼうして、顕微《けんび》鏡《きょう》で神経細胞《しんけいさいぼう》を観察《かんさつ》したのです。

住《す》んでいる町《まち》がばくげきされて、逃《に》げなくてはならないことがありました。それも一度《いちど》だけではなかったのです。かくれがから次《つぎ》のかくれがへうつらなくてはならず、おちつくこともできません。

それでも、リータはどこに行《い》っても、どんなにたいへんでも、研究《けんきゅう》をつづけました。

そして、神経生物学《しんけいせいぶつがく》の研究《けんきゅう》が高《たか》く評価《ひょうか》されて、ノーベル生理学《せいりがく》・医学賞《いがくしょう》を受賞《じゅしょう》しました。

リータが医学部《いがくぶ》にいたときのクラスから、リータをふくめて、なんと三人《さんにん》もノーベル賞《しょう》を受《じゅ》賞《しょう》する人《ひと》が出《で》たのです！

百三歳《ひゃくさんさい》でなくなるまで、リータは科学《かがく》の研究《けんきゅう》と女《おんな》の人《ひと》の権利《けんり》のために力《ちから》をつくしました。

1909年《ねん》4月《がつ》22日《にち》—2012年《ねん》12月《がつ》30日《にち》

イタリア

ILLUSTRATION BY
CRISTINA AMODEO

「なによりも困難《こんなん》をおそれてはいけません。
成功《せいこう》は困難《こんなん》の中《なか》から生《う》まれてくるのですから」

リータ・レーヴィ・モンタルチーニ

ルース・ハークネス

RUTH HARKNESS

探検家《たんけんか》

ずっとむかしのこと、動物園《どうぶつえん》に外国《がいこく》のめずらしい動物《どうぶつ》をつれてこようとしても、世話《せわ》のしかたがよくわからなくて、死《し》んでしまうことがほとんどでした。動物園《どうぶつえん》に来《き》た人《ひと》たちは、死《し》んでからはくせいにされた動物《どうぶつ》を見《み》るのです。はくせいのうごかない動物《どうぶつ》を見《み》ても「すごいな」とか「かわいいな」とは思《おも》えません。

だから、ルースは、夫《おっと》のビルが中国《ちゅうごく》からパンダを生《い》きたままつれてこようとしていることを知《し》ると、たいへんだけれどすばらしい計画《けいかく》だと思《おも》いました。ところが、ざんねんなことに、ビルは中国《ちゅうごく》についてほんの数《すう》か月《げつ》しかたたないうちに死《し》んでしまいます。

ルースは、ニューヨークでファッションデザイナーをしていました。中国《ちゅうごく》のことはよく知《し》りません。でも「ビルがはじめたことを、わたしが最後《さいご》までやりとげよう。中国《ちゅうごく》に行《い》って、生《い》きているパンダをアメリカにつれてこよう」と決意《けつい》します。

中国《ちゅうごく》につくと、ルースはパンダをさがして、あるときは深《ふか》い竹林《ちくりん》を歩《ある》き、あるときは山《やま》のてっぺんにある古《ふる》いお寺《てら》をたずねました。昼《ひる》は川《かわ》にそって進《すす》み、夜《よる》になるとキャンプをはってたき火《び》をしました。

ある晩《ばん》のこと、気《き》になる音《おと》が聞《き》こえてきました。ルースは音《おと》のするほうにむかって竹林《ちくりん》を進《すす》んでいきました。すると、木《き》のうろに、パンダの赤《あか》ちゃんがいたのです。お母《かあ》さんがいなくなってしまったパンダの赤《あか》ちゃんです。

ルースはパンダの赤《あか》ちゃんをだきあげましたが、どうしてあげればいいのか、わかりません。とりあえずパンダ用《よう》のミルクをのませ、いったん町《まち》に引《ひ》きかえして、毛皮《けがわ》のコートを買《か》いました。おかげでパンダの赤《あか》ちゃんは、ルースに抱《だ》っこされても気持《きも》ちよくすごせるようになったのです。

ルースはパンダの赤《あか》ちゃんに〝スー・リン〟という名前《なまえ》をつけ、アメリカのシカゴにある動物園《どうぶつえん》まで送《おく》りとどけました。何万人《なんまんにん》もの人《ひと》たちが、〝スー・リン〟を見《み》にやってきて、なんてかわいいんだろうと思《おも》いました。そして、どんな野生《やせい》の動物《どうぶつ》も、かわいがって大切《たいせつ》にしなくてはならないことを学《まな》んだのです。

1900年《ねん》9月《がつ》21日《にち》—1947年《ねん》7月《がつ》20日《にち》

アメリカ

ILLUSTRATION BY
CLAUDIA CARIERI

「人間《にんげん》にパンダをつかまえることが、はたして
できるのかどうか、わたしにはわかりません。
でも、もし、できるのだとしたら、それをするのは
わたしでなければ、と思《おも》うのです」
ルース・ハークネス

ルース・ベイダー・ギンズバーグ

RUTH BADER GINSBURG

最高裁判所判事《さいこうさいばんしょはんじ》

あるところに、りっぱな弁護士《べんごし》になりたいと夢《ゆめ》みている女《おんな》の子《こ》がいました。「女《おんな》の弁護士《べんごし》だって？」とみんなにばかにされました。「おかしなことを考《かんが》えるもんじゃないよ。弁護士《べんごし》も裁判官《さいばんかん》も、男《おとこ》がなるものだよ」

よく見《み》てみると、たしかにみんなのいうとおり、男《おとこ》の人《ひと》ばかりだということがルースもわかりました。「でも、そうじゃなくなってはいけないという理由《りゆう》もないわよね」と心《こころ》の中《なか》でつぶやきました。

夢《ゆめ》をかなえるため、ルースはハーバード大学《だいがく》のロー・スクールに入学《にゅうがく》します。ロー・スクールというのは、弁護士《べんごし》や裁判官《さいばんかん》になりたい人《ひと》が勉強《べんきょう》するところです。そこでルースはとびきりゆうしゅうな学生《がくせい》だとみとめられました。

結婚《けっこん》した相手《あいて》のマーティも、ハーバード大学《だいがく》の学生《がくせい》でした。「おくさんは家《いえ》にいて、クッキーをやいたり、赤《あか》ちゃんのお世話《せわ》をしたりするものだよ」といわれても、マーティは耳《みみ》をかしません。だって、ルースは信《しん》じられないぐらい料理《りょうり》がへたなのです！ それに生《う》まれたばかりのむすめの世話《せわ》をするのもたのしかったし、なによりも、かしこい妻《つま》のことをじまんに思《おも》っていたからです。

ルースは、女《おんな》の人《ひと》の権利《けんり》をまもることに力《ちから》を入《い》れていたので、男女《だんじょ》の平等《びょうどう》が問題《もんだい》になって最《さい》高裁判所《こうさいばんしょ》であらそわれた六《むっ》つの重要《じゅうよう》な裁判《さいばん》で、弁護《べんご》をたんとうしました。そして、アメリカの歴史上《れきしじょう》、女《おんな》の人《ひと》としてはふたりめの最高裁判所《さいこうさいばんしょ》の判事《はんじ》にえらばれたのです。

最高裁判所《さいこうさいばんしょ》の判事《はんじ》は、九人《きゅうにん》までと決《き》まっています。「『九人《きゅうにん》のうち、何人《なんにん》が女《おんな》の人《ひと》になったら満足《まんぞく》ですか？』ときかれたら、わたしは『九人《きゅうにん》です』とこたえます。たぶん、びっくりされるだろうけれど、今《いま》までずっと、九人全員《きゅうにんぜんいん》が男《おとこ》の人《ひと》だったんですよ。それでも、まゆをひそめる人《ひと》なんていなかったでしょう？」

八十歳《はちじゅっさい》をすぎてからも、ルースは毎日《まいにち》かかさずうでたてふせを二十回《にじゅっかい》して、若《わか》いころと変《か》わらないスタイルと体力《たいりょく》をたもっています。裁判《さいばん》のときに判事《はんじ》が着《き》る黒《くろ》いローブからおしゃれなえりをのぞかせていることで、ファッション・リーダーとしても注目《ちゅうもく》されています。

1933年《ねん》3月《がつ》15日《にち》—2020年《ねん》9月《がつ》18日《にち》

アメリカ

ILLUSTRATION BY
ELEANOR DAVIS

「わたしは反対《はんたい》です！」
ルース・ベイダー・ギンズバーグ

レラ・ロンバルディ

LELLA LOMBARDI

F1《エフワン》レーサー

あるところに、お父《とう》さんがトラックで肉《にく》を配達《はいたつ》するときに、運転《うんてん》のおてつだいをしている女《おんな》の子《こ》がいました。マリア・グラツィアという名前《なまえ》でしたが、みんなから〝レラ〟とよばれていました。レラが運転席《うんてんせき》にのりこみ、お父《とう》さんがタイムをはかります。レラは車《くるま》の運転《うんてん》が得意中《とくいちゅう》の得意《とくい》で、配達《はいたつ》にでかけるたびに新記録《しんきろく》を出《だ》しました。レラの運転《うんてん》するトラックが、ものすごいスピードで丘《おか》の坂道《さかみち》をくだっていくところを、町《まち》の人《ひと》たちはよく見《み》かけました。荷台《にだい》でサラミソーセージがぴょんぴょん飛《と》びはねていたそうです。

　十八歳《じゅうはっさい》になると、レラはそれまでにためてきたお金《かね》を全部《ぜんぶ》つぎこんで、中古《ちゅうこ》のレーシングカーを手《て》に入《い》れ、プロのレーサーをめざします。レラが〈F850選手権《エフハチゴウゼロせんしゅけん》〉という大会《たいかい》で優勝《ゆうしょう》したときには、新聞記事《しんぶんきじ》にもなりました。でも、その記事《きじ》を見《み》ても、お父《とう》さんとお母《かあ》さんは、それほどおどろかなかったといいます。

　どのレースでも、出場《しゅつじょう》している女《おんな》の人《ひと》はレラだけでした。でも、レラはまったく気《き》にしません。そんなことよりも、すこしでも速《はや》く車《くるま》を走《はし》らせることのほうが、レラにとってはだいじだったからです。そして、とうとう、レーサーならだれでもあこがれる、F1《エフワン》（フォーミュラー・ワン）という部門《ぶもん》のレーサーになりました。

　ところが、最初《さいしょ》のちょうせんは失敗《しっぱい》におわります。予選《よせん》を通過《つうか》することもできませんでした。けれども、その次《つぎ》の年《とし》には、レラの実力《じつりょく》をよくわかってくれるチーム・マネージャーにめぐりあいます。お金《かね》を出《だ》してくれるスポンサーも見《み》つかりました。それに、すてきな車《くるま》も！　白《しろ》いレーシングカーです。レラは〈スペイングランプリ〉で六位《ろくい》に入《はい》り、女《おんな》の人《ひと》でははじめてF1《エフワン》レースでポイントをとったのです。

　そんなすばらしい成績《せいせき》をのこしたのに、チームはレラを別《べつ》のレーサーと交代《こうたい》させます。次《つぎ》のレーサーは男《おとこ》の人《ひと》でした。そのとき、レラは気《き》づくのです。F1《エフワン》レースの世界《せかい》は、まだ女《おんな》の人《ひと》を仲間《なかま》にする準備《じゅんび》ができていないのだ、と。

　F1《エフワン》レースにこそ出場《しゅつじょう》しなくなりましたが、レラはそのあともスポーツカーのレースに出場《しゅつじょう》しつづけます。死《し》ぬまでレーサーだったのです。

1941年《ねん》3月《がつ》26日《にち》—1992年《ねん》3月《がつ》3日《にち》

イタリア

「恋《こい》をするより、レースに出《で》るほうがいいわ」
レラ・ロンバルディ

ILLUSTRATION BY
SARAH MAZZETTI

ローザ・パークス

ROSA PARKS

活動家《かつどうか》

むかし、アラバマ州《しゅう》のモントゴメリーは、白人《はくじん》と黒人《こくじん》はわかれてくらさなくてはいけない、という決《き》まりのある町《まち》でした。黒人《こくじん》と白人《はくじん》はそれぞれ、べつべつの学校《がっこう》にいき、べつべつの教会《きょうかい》でおいのりをし、べつべつのお店《みせ》で買《か》いものをし、べつべつの水《みず》のみ場《ば》で水《みず》をのまなければならなかったのです。バスは黒人《こくじん》も白人《はくじん》も同《おな》じバスにのりますが、すわる席《せき》がわけられていました。白人《はくじん》は前《まえ》のほう、黒人《こくじん》はうしろのほうにすわるのです。ローザ・パークスがそだったのは、そんな差別《さべつ》が当《あ》たり前《まえ》の世界《せかい》でした。

人種差別《じんしゅさべつ》がおこなわれているせいで、黒人《こくじん》たちの生活《せいかつ》はふべんなことばかりで、たくさんの人《ひと》がおこったり、かなしい思《おも》いをしたりしていました。けれども、こうぎをしようものなら、牢屋《ろうや》に入《い》れられてしまうのです。

ローザが四十二歳《よんじゅうにさい》だったある日《ひ》のことでした。仕事《しごと》の帰《かえ》りにバスにのったローザは、あいていた席《せき》にすわりました。そのうちバスがこんできて、白人《はくじん》せんようの前《まえ》のほうの席《せき》がいっぱいになると、運転手《うんてんしゅ》はローザに「白人《はくじん》の人《ひと》たちに席《せき》をゆずりなさい」といいました。

ローザは「いやです」とこたえました。

そのせいでローザはひとばん、牢屋《ろうや》に入《い》れられてしまいます。けれども、ローザのその勇気《ゆうき》ある行動《こうどう》のおかげで、正《ただ》しくないことには反対《はんたい》できるのだ、とみんなが気《き》づいたのです。

ローザの友《とも》だちがバスをボイコットしようといいだしました。黒人《こくじん》たちのひとりひとりと話《はなし》をして、法律《ほうりつ》が変《か》わるまでバスにのるのはやめよう、とよびかけたのです。よびかけは、あっというまに広《ひろ》まり、ボイコットは三八一《さんびゃくはちじゅういち》日間《にちかん》つづきました。そのあいだ、モントゴメリーの黒人《こくじん》たちはバスにのらず、どこに行《い》くにも歩《ある》いていったり、黒人《こくじん》どうしが協力《きょうりょく》しあって車《くるま》をもっている人《ひと》がもっていない人《ひと》をのせてあげたりしたそうです。そして、とうとう、最高裁《さいこうさい》判所《ばんしょ》が、「黒人《こくじん》と白人《はくじん》でバスの席《せき》をわけるのは憲法《けんぽう》いはんである」という判決《はんけつ》を出《だ》したのです。

それから十年《じゅうねん》ちかくかかりましたが、ほかの州《しゅう》でも人種差別《じんしゅさべつ》が禁止《きんし》されました。それが実現《じつげん》したのも、いちばん最初《さいしょ》にローザが勇気《ゆうき》を出《だ》して「いやです」といったからなのです。

1913年《ねん》2月《がつ》4日《にち》—2005年《ねん》10月《がつ》24日《にち》

アメリカ

ILLUSTRATION BY
SALLY NIXON

「わたしのことは、自由《じゆう》になりたいと
ねがった人《ひと》として
覚《おぼ》えておいてほしいのです
……ほかの人《ひと》たちも自由《じゆう》になれるように」
ローザ・パークス

ローゼン

LOZEN

戦士《せんし》

昔《むかし》

むかし、戦士《せんし》になりたいと思《おも》っている女《おんな》の子《こ》がいました。その子《こ》の名前《なまえ》はローゼン。アパッチ族《ぞく》の女《おんな》の子《こ》です。

アパッチ族《ぞく》というのは、白人《はくじん》がアメリカ大陸《たいりく》にやってくる以前《いぜん》からくらしていたネイティヴ・アメリカンとよばれる人《ひと》たちで、今《いま》のアメリカのアリゾナ州《しゅう》やニューメキシコ州《しゅう》、テキサス州《しゅう》のあたりで、えものを追《お》いながら狩《か》りをしてくらしていました。

ローゼンがまだ小《ちい》さな子《こ》どもだったころ、アメリカ合衆国《がっしゅうこく》の軍隊《ぐんたい》がアパッチ族《ぞく》の土地《とち》にせめこんできました。たたかいになり、たくさんの友《とも》だちやしんせきが命《いのち》をおとすのを見《み》て、ローゼンは、仲間《なかま》をまもることに一生《いっしょう》をささげよう、と心《こころ》にちかいました。

「女《おんな》の人《ひと》がする仕事《しごと》をおぼえるつもりはないし、結婚《けっこん》もしないわ」とローゼンはお兄《にい》さんのヴィクトリオにいいました。「だって、わたしは戦《せん》士《し》になるんだもの」

ヴィクトリオはアパッチ族《ぞく》のリーダーでした。ヴィクトリオはローゼンにたたかい方《かた》と狩《か》りのしかたをおしえました。そしてたたかいに出《で》かけるときには必《かなら》ずローゼンをつれていくようになったのです。「だれよりもたよりになるからだ」とヴィクトリオはいったそうです。「男《おとこ》のようにつよくて、だれよりもゆうかんで、作戦《さくせん》をたてる才能《さいのう》がある。ローゼンは楯《たて》となってアパッチ族《ぞく》をまもりぬくだろう」

ローゼンのゆうかんでねばりづよいたたかいぶりは、いつしか伝説《でんせつ》になりました。敵《てき》の動《うご》きをよそくできる、ふしぎな力《ちから》をもっている、といわれるようにもなります。アパッチ族《ぞく》の心《こころ》のよりどころとなって、みんなの病気《びょうき》やけがをなおしたともいわれています。

お兄《にい》さんがなくなったあとは、アパッチ族《ぞく》のリーダーの中《なか》でも、つよいことではだれよりも有名《ゆうめい》だったジェロニモと力《ちから》を合《あ》わせて、たたかいました。それでもとうとう、最後《さいご》まで抵抗《ていこう》をつづけた仲間《なかま》たちといっしょに、アメリカ軍《ぐん》につかまってしまいます。

けれども、ローゼンという名前《なまえ》は今《いま》も、自由《じゆう》のためにたたかう人《ひと》たちの心《こころ》に、しっかりときざみこまれているのです。

1840年代後半《ねんだいこうはん》—1886年《ねん》

アメリカ

「この世界《せかい》では、目《め》に見《み》えないものに
力《ちから》がやどっているのよ」
ローゼン

ワンガリ・マータイ
WANGARI MAATHAI

活動家《かつどうか》

むかし、ケニアという国《くに》のある村《むら》に、ワンガリという名前《なまえ》の女《おんな》の人《ひと》が住《す》んでいました。ワンガリは、村《むら》のちかくの湖《みずうみ》や川《かわ》から水《みず》がなくなりかけているのを見《み》て、なんとかしなくてはいけない、と考《かんが》えました。そこで、ほかの女《おんな》の人《ひと》たちにも集《あつ》まってもらって、話《はな》しあいをしたのです。

「村《むら》のそばには、あんなにたくさん木《き》がはえていたのに、農場《のうじょう》をつくるために、政府《せいふ》が一本《いっぽん》のこらず切《き》ってしまったでしょう？　だから、たきぎをひろうのに、うんととおくまで歩《ある》いていかなくちゃならないのよ」そんなことをいう人《ひと》がいました。

「だったら、また木《き》を植《う》えない？」とワンガリはいいました。

「何本《なんぼん》ぐらい？」とみんながききます。

「そうね、二百万本《にひゃくまんぼん》か、三百万本《さんびゃくまんぼん》ぐらい植《う》えればいいかな」とワンガリはこたえました。

「二百万本《にひゃくまんぼん》か、三百万本《さんびゃくまんぼん》ぐらい？　ちょっと、あなた、気《き》はたしか？　そんなにたくさんの苗《なえ》木《ぎ》を売《う》ってくれるところなんて、見《み》つかるわけないでしょう？」

「あら、買《か》うんじゃないわ。自分《じぶん》たちで育《そだ》てるのよ」

ワンガリと友人《ゆうじん》たちは、森《もり》に行《い》って、種《たね》を集《あつ》め、土《つち》を入《い》れた缶《かん》にその種《たね》をまきました。毎日《まいにち》、水《みず》をやり、世話《せわ》をしました。やがて芽《め》が出《で》て、三十《さんじゅっ》センチぐらいの苗木《なえぎ》に育《そだ》つと、今度《こんど》はそれを自分《じぶん》たちの家《いえ》の裏庭《うらにわ》に植《う》えかえて育《そだ》てます。

その活動《かつどう》は、最初《さいしょ》はすこしの人《ひと》たちからはじまりました。それが、小《ちい》さな種《たね》から大《おお》きな木《き》が育《そだ》つように、だんだん賛成《さんせい》する人《ひと》がふえていって、いつのまにか大《おお》きな活動《かつどう》になりました。

ワンガリのはじめたこの活動《かつどう》は、グリーンベルト運動《うんどう》とよばれ、ケニアの国境《こっきょう》をこえて、まわりの国《くに》にも広《ひろ》がりました。ケニアのとなりのタンザニアやウガンダに伝《つた》わり、そこからさらに二十《にじゅっ》か国《こく》ちかくにまで広《ひろ》まっていったのです。

そして、なんと、四千万本《よんせんまんぼん》もの木《き》が植《う》えられました。

2004年《ねん》、ワンガリ・マータイはアフリカ出身《しゅっしん》の女《おんな》の人《ひと》としてはじめて、ノーベル平和《へいわ》賞《しょう》を受賞《じゅしょう》しました。木《き》を植《う》える活動《かつどう》が、みとめられたのです。

1940年《ねん》4月《がつ》1日《にち》—2011年《ねん》9月《がつ》25日《にち》

ケニア

ILLUSTRATION BY
THANDIWE TSHABALALA

「今《いま》こそ、そのときです」
ワンガリ・マータイ

あなたのお話《はなし》を書《か》きましょう

今《いま》からちょっとだけ前《まえ》、あるところに

あなたの肖《しょう》像《ぞう》画《が》をかきましょう

挑《ちょう》戦《せん》者《しゃ》の殿《でん》堂《どう》

本書《ほんしょ》の企画《きかく》に賛同《さんどう》し、早《はや》い段階《だんかい》でクラウドファンディングの〈キックスターター〉を通《つう》じてご協力《きょうりょく》くださった、反骨精神《はんこつせいしん》と挑戦《ちょうせん》の心《こころ》にあふれた、みなさんをご紹介《しょうかい》します。
世界《せかい》のいろいろなところから集《あつ》まったこの人《ひと》たちは、世界《せかい》を変《か》える力《ちから》となるでしょう。

PIPPA BARTON
CRISTINA BATTAGLIO
SOFIA BATTEGODA
JENNIFER BEEDON
EMMA BEKIER
TAYLOR BEKIER
VIVIENNE BELA
MADELINE BENKO
EMMA BIGKNIFE
PIA BIRDIE
HANNAH BIRKETT
ALEXIS BLACK
KATIE BLICKENSTAFF
ADA MARYJO AND ROSE MARIE BODNAR
GABRIELLA MARIE BONNECARRERE WHITE
RIPLEY TATE BORROMEO
MEGAN BOWEN
LILA BOYCE
MARLEY BOYCE
MOLLY MARIE AND MAKENNA DIANE BOYCE
JOY AND GRACE BRADBURY
MAGNOLIA BRADY
EVA AND AUGUST BRANCATO
CORA AND IVY BRAND
TALA K AND KAIA J BROADWELL
AUDREY AND ALEXANDRA BROWN
SCARLETT BRUNER
MARLOWE MARGUERITE BÜCKER
KATIE BUMBLEBEE

NIGISTE ABEBE
PIPER ABRAMS
HAIFA AND LEEN AL SAUD
SHAHA F. AND WADHA N. AL-THANI
NEDA ALA'I-CHANGUIT
RAFFAELLA AND MADDALENA ALBERTI
MADELEINE ALEXIS
WILLOW ALLISON
LEIA ALMEIDA
VIOLET AMACK
BROOKLYN ANDERSON
SOFIA ANDREWS
ANDHIRA JS ANGGARA
GRACE ANKROM
OLIVIA ANN
SYLVIE APPLE
ALEJANDRA PIEDRA ARCOS
CAMILA ARNOLD
CAROLINA ARRIGONI
EVANGELINE ASIMAKOPOULOS
PHOEBE ATKINS
AUDREY B. AVERA
AZRAEL
MISCHA BAHAT
KIERA BAIRD
EMERY AND NYLAH BAKER
MOLLY AND SCARLET BARFIELD
EVA BARKER
ISABELLA BARRY

EVENING CZEGLEDY
ANTONIA AND INDIANA D'EGIDIO
KYLIE DAVIS
ELLA-ROSE DAVIS
BRENNA DAVISON
ELIZABETH DEEDS
ILARIA AND ARIANNA DESANDRÉ
ROSALIE DEVIDO
ALISSA DEVIR
PAOLA AND ANTONIO DI CUIA
EMILIA DIAZ
NEVAEH DONAZIA
HADLEY DRAPER LEVENDUSKY
HATTIE AND MINA DUDEN
SELMA JOY EAST
ALDEN ECKMAN
EUGENIO AND GREGORIO
SOPHIA EFSTATHIADIS
JULIA EGBERT
AILLEA ROSE ELKINS
ANNA ERAZO
RAMONA ERICKSON
MADELINE "MADDIE" ESSNER
ELENA ESTRADA-LOMBERA
SCOUT FAULL
LILLIAN FERGUSON
AURELIA FERGUSON
HEIDI AND ANOUSHKA FIELD
PAIGE AND MADELYN FINGERHUT
MARILENA AND TERESA FIORE
MARGARET AND KATHERINE FLEMING
VIDA FLORES SMOCK
LILY AND CIARA (KIKI) FLYNN
SABINE FOKKEMA
MIA AND KARSON FORCHELLI
HANNAH FOSS
SARA BON AND HANNAH LEE FOWLER
SYLVIE FRY
MOLLY CHARLOTTE FUCHS
KATARINA GAJGER
OLIVIA GALLAGHER
TAYLOR GALLIMORE

VIVIAN AND STACY BURCH
CLARA BURNETTE
MIA A. BURYKINA
ZOE BUTTERWORTH
CASSIA GLADYS CADAN-PEMAN
GIGI GARITA AND LUNA BEECHER
CALDERÓN
FINLEY AND MANDIE CAMPBELL
SCARLETT AND CHARLI CARR
KAITLYN CARR
EMILIE CASEY
LUCIENNE CASTILLO
KYLEE CAUSER
OLIVIA ANNA CAVALLO STEELE
NEVEYA CERNA-LOMBERA ESTRADA
ELLE CHANDLER
JOSIE CHARCON
LYN CHEAH
ANNA MARY CHENG
ELINOR CHIAM
LEELA CHOUDHURI
MILA CHOW
BEATRICE CICCHELLI
COCO COHEN
ABIGAIL COLE
EMILY ROBBINS COLEY
SOPHIA CONDON
EMILY COOLEY
ALLISON COOPER
STELLA AND MATILDE CORRAINI
GIORGIA CORSINI
LOGAN COSTELLO
EMILY CLARE AND CHARLOTTE GIULIA
COSTELLO
CAMILLE AND ARIANE COUTURE
ISABEL CRACKNELL
ROSE CREED
SOPHIA AND MAYA CRISTOFORETTI
NATALIE SOPHIA AND CHLOE SABRINA CRUZ
GABRIELA CUNHA
EVIE CUNNINGHAM
ADA CUNNINGHAM

MAYA JAFFE
FILIPPA JAKOBSSON
HADDIE JANE
ELEANOR HILARY AND CAROLINE KARRIE
JANULEWICZ LLOYD
JEMMA JOYCE TOBER
MARLEE AND BECCA K. ICKOWICZ
SLOANE AND MILLIE KAULENTIS
JESSICA AND SAMANTHA KELLOGG
MALENA KLEFFMAN
BRONWYN KMIECIK
CHARLOTTE KNICKERBOCKER
VIOLET KNOBLOCK
RACHEL BELLA KOLB
GABBY AND COCO KOLSKY
MILA KONAR
DARWYN AND LEVVEN KOVNER
OLIVIA KRAFT
SHAYNA AND LAYLA KRAFT
ZORA KRAFT
LUCY AND LOLA KRAMER
MORGAN AND CLAIRE KREMER
CLARA LUISE KUHLMANN
VIVIENNE LAURIE-DICKSON
JULIA LEGENDRE
BOWIE LEGGIERE-SMITH
ARIANNA LEONZIO
DARCY LESTER
ARABELLA AND KRISTEN LEVINE
EMILIA LEVINSEN
SOFIA LEVITAN
GWYNETH LEYS
ERICA A. AND SHELBY N. LIED
IRENE LINDBERG
AUDREY LIU-SHEIRBON
SYDNEY LOERKE
ROXANNE LONDON
SIENA AND EMERY LONG
GIULIA LORENZONI
BRIE LOVE
LILY KATHRYN LOWE
ELLAMARIE MACARI-MITCHELL
ANN GANNETT BETHELL
MADELINE AND LUCY GERRAND
MAREN AND EDEN GILBERT TYMKOW
FABULOUS GIRL
CAMILLA GOULD
SYAH GOUTHRO
EMMA GRANT
ISLA GREEN
CARA AND ROWAN GREEN
VICTORIA GREENDYK
MARIAH GRIBBLE
SAGE GRIDER
SUSIE GROOMES
EMMA, LUCY, AND FINLEY GROSS
CLAUDIA GRUNER
PAZ GUELFI-SALAZAR
VIOLA GUERRINI
IRIS GUZMAN
ABIGAIL HANNAH
ANNA-CÉLINE PAOLA HAPPSA
ALANNA HARBOUR
EVELYN AND LYDIA HARE
GWYNETH AND PIPER HARTLEY
ABIGAIL AND CHRISTA HAYBURN
SOFIA HAYNES
EVIE AND DANYA HERMAN
MACY HEWS
CLARE HILDICK KLEIN
AUREA BONITA HILGENBERG
RUBY GRACE HIME
AVA HOEGH-GULDBERG
JANE HOLLEY-MIERS
FARAH HOUSE
ARYANNA HOYEM
SASKIA AND PALOMA HULT
JORJA HUNG
HAYLIE AND HARPER HUNPHREYS
NORA IGLESIAS POZA
DEEN M. INGLEY
AZALAYAH IRIGOYEN
MIRIAM ISACKOV
JADI AND ALEXANDRA

EMMA OLBERDING
CLAIRE ORRIS
ELEANORA OSSMAN
CHAEYOUNG AND CHAEWON OUM
KHAAI OWENS
MAJA AND MILA OZUT
POPPY OLIVIA PACE
OLIVIA PANTLE
SIMRIN MILA AND SIANA JAYLA PATEL
ANNAMARIA AND ELIO PAVONE
TINLEY PEHRSON
OAKLEY PEHRSON
SIENA PERRY
SCARLETT PETERS
ALEXANDRA AND GABRIELLE PETTIT
FEI PHOON
SUNNY AND HARA PICKETT
MACYN ROSE PINARD
BRESLYN, ARROT, AND BRAXON PLESH
STOCK-BRATINA
MADISYN, MALLORY, AND RAPHAEL PLUNKETT
FRANCES SOPHIA POE
ELSA PORRATA
ALEXANDRA FRANCES RENNIE
ANNA AND FILIPPO RENZI
AVA RIBEIRO
MIKAYLA RICE
ZOE RIVERA
ARIA AND ALANA ROBINSON
CLEO ROBINSON
SOFIA, BEATRICE, AND EDOARDO ROCHIRA
SOPHIE ROMEO
ELLA ROMO
LUCY ROTE
SOFÍA RUÍZ-MURPHY
SILVIA SABINI
ELIZABETH SAFFER
VIOLA SALA
MANUELA SALES STEELE
ESMIE SALINAS
KAYLA SAMPLE
NATALIA MACIAS
ALISON AND CAROLINE MACINNES
MACKENZIE AND MACKAYLA
IESHA LUCILE MAE
AISLINN MANUS
LUCIA MARGHERITA
MOXIE MARQUIS
LEONOR AND LAURA MARUJO TRINDADE
CARYS MATHEWS
EVELYN AND TEAGAN MCCORMICK
VIOLET MCDONALD
JOSEPHINE, AYLIN AND SYLVIA MCILVAINE
ALIZE AND VIANNE MCILWRAITH
ANNABELLE MCLAUGHLIN
MAGGIE MCLOMAN
FIONA MCMILLEN
SOPHIA MECHAM
RYLIE MECHAM
MAILI MEEHAN
AVA MILLER
MORGAN MILLER
NOA MILLER
KATHERINE MILLER
PHOEBE MOELLENBERG
ALEXANDRA LV MOGER
LUBA AND SABRINA MIRZA MORIKI
FRIDA MORTENSEN
SARAH MOSCOWITZ
VIOLET J. MOURAS
MABEL MUDD
GEORGIANA MURRAY
NOOR NASHASHIBI
BEATRICE NECCHI
SYDNEY NICHOLS
ELLEN NIELSEN
DYLAN AND MARGAUX NOISETTE
VALENTINA NUILA
SUMMER O'DONOVAN
KSENIA O'NEIL
RIN O'ROURKE
ZELDA OAKS
OLIVIA SKYE OCAMPO

PENELOPE TRAYNOR
JULIA TRGOVCEVIC
CAROLINE TUCKER
CORA ELIZABETH TURNER
SONIA TWEITO
ZOOEY TYLER WALKER
AGNES VÅHLUND
FINLEY VARGO
SARAH VASILIDES
SOPHIE VASSER
NOEMI VEIT
RIDHI VEKARIA
GABRIELLA VERBEELEN
NAYARA VIEIRA
FABLE VITALE
GRACE MARIA WAITE
RAEGAN AND DARBY WALSH
TOVA ROSE WASSON
JOSEPHINE WEBSTER-FOX
ELIZABETH WEBSTER-MCFADDEN
ZOE AND TESSA WEINSTEIN
HARPER WEST
LAUREN WEST
STELLA WEST-HUGHES
ANNA WESTENDORF
ELLIA AND VICTORIA WHITACRE
ELEANOR MARIE WHITAKER
MADELYN WHITE
KAYLA WIESEL
GRACE WILLIAMS
TESSANEE AND KIRANNA WILLIAMS
SAM WILSON
VICTORIA PAYTON WOLF
GEMMA WOMACK
TEDDY ROSE WYLDER HEADEY
CHLOE YOUSEFI
HANNAH YUN FEI PHUA
AZUL ZAPATA-TORRENEGRA
SLOANE ZELLER
WILLA AND WINNIE ZIELKE

KYRA SAMPLE
MIA AND IMANI SANDHU
SOFIA SANNA
KENDRA SAWYER
LUCY SCHAPIRO
NORAH ELOISE SCHMIT
BELLA SCHONFELD
ELISENDA SCHULTZ
MOLLY SCOTT
KYLIE AND KAITLYN SCOTT
NATALIE SER TYNG WANG
AMAYA AND KAVYA SETH
CRISTINA AND EVELYN SILVA
SHAI SIMPSON
ELLA AUSTEN AND KAILANI MEI SKOREPA
PHOEBE SMITH
ARLENE SMITH
OLIVIA-LOUISE SMITH
SARA SNOOK
EVERLY SNOW
GENEVIEVE AND EMERY SNYDER
SELIA SOLORZANO
AURORA SOOSAAR
AVA STANIEWICZ
RHYAN STANTON
BROOKE STARCHER
ANNABEL WINTER STETZ
SHELVIA STEWART
MAIA STRUBLE
EMMA STUBBS
GJ STUCKEY
NAVAH AND MOLLY STUHR
MYA SUMMERFELDT
SYDNEY SUTHERLAND
SIMONE SWINGLE
VICTORIA SZRAMKA
LOLA-IRIS AND LINLEY TA
OLIVIA TAPLEY
HAILEY ADAMS THALMAN
SOPHIE AND VIOLET THI BRANT
LUANA THIBAULT CARRERAS
REBECCA THROPE

イラストレーターの紹介《しようかい》

本書《ほんしよ》をつくるにあたって、世界各国《せかいかつこく》から集《あつ》まった、六十名《ろくじゆうめい》のすばらしい女性《じよせい》アーティストがご協力《きようりよく》くださいました。その道《みち》の先駆者《せんくしや》となった、女性《じよせい》たちの肖像画《しようぞうが》を、それぞれの筆遣《ふでづか》いで描《か》いてくれたのです。そのひとりひとりのお名前《なまえ》を、以下《いか》に記《しる》します。

SOPHIA MARTINECK（ドイツ） 83
SARAH MAZZETTI（イタリア） 207
KARABO MOLETSANE（南アフリカ） 189
HELENA MORAIS SOARES（ポルトガル）133,181
SALLY NIXON（アメリカ） 123,209
MARTINA PAUKOVA（スロヴァキア） 155,183
CAMILLA PERKINS（アメリカ） 65
RITA PETRUCCIOLI（イタリア） 91,179
ZARA PICKEN（アメリカ） 119
CRISTINA PORTOLANO（イタリア） 31,63,149
KATE PRIOR（アメリカ） 17,151
PAOLA ROLLO（イタリア） 39,51
MALIN ROSENQVIST（スウェーデン） 73,211
DALILA ROVAZZANI（イタリア） 137
KAROLIN SCHNOOR（ドイツ） 77
MARTA SIGNORI（イタリア） 109,161,173
NOA SNIR（イスラエル） 81,195
RIIKKA SORMUNEN（フィンランド） 127
CRISTINA SPANÒ（イタリア） 165,169
GAIA STELLA（イタリア） 167
LIZZY STEWART（イギリス） 15
ELISABETTA STOINICH（イタリア） 49,139
GERALDINE SY（フィリピン） 21,103
THANDIWE TSHABALALA（南アフリカ）153,213
ELINE VAN DAM（オランダ） 23,89
CARI VANDER YACHT（アメリカ） 97
LIEKE VAN DER VORST（オランダ） 199
EMMANUELLE WALKER（カナダ） 85
SARAH WILKINS（ニュージーランド） 111,175
PING ZHU（アメリカ） 93,177

T. S. ABE（イギリス） 115,135
CRISTINA AMODEO（イタリア） 55,201
ELIZABETH BADDELEY（アメリカ） 185
ALICE BARBERINI（イタリア） 47,191
ELENIA BERETTA（イタリア） 79
SARA BONDI（イタリア） 157
MARIJKE BUURLAGE（オランダ） 53
CLAUDIA CARIERI（イタリア） 35,159,203
ÉDITH CARRON（フランス） 147
MICHELLE CHRISTENSEN（アメリカ） 61
JESSICA M. COOPER（アメリカ） 197
ELEANOR DAVIS（アメリカ） 205
BARBARA DZIADOSZ（ドイツ） 95,117
ZOZIA DZIERŻAWSKA（ポーランド） 41,101
PAOLA ESCOBAR（コロンビア） 143
GIULIA FLAMINI（イタリア） 25,193
ANA GALVAÑ（スペイン） 57,59,105
MONICA GARWOOD（アメリカ） 29,113,141
DEBORA GUIDI（イタリア） 45,145,171
SAMIDHA GUNJAL（インド） 107
AMANDA HALL（アメリカ） 163
LEA HEINRICH（ドイツ） 37,131
KATHRIN HONESTA（インドネシア） 67,87
ANA JUAN（スペイン） 27,43
ELENI KALORKOTI（スコットランド） 121
BIJOU KARMAN（アメリカ） 33
PRIYA KURIYAN（インド） 125,187
JUSTINE LECOUFFE（アメリカ） 19,129
KIKI LJUNG（ベルギー） 69,71,99
MARTA LORENZON（イタリア） 75

謝辞《しゃじ》

感《かん》謝《しゃ》の気持《きも》ちというものは、どんなときにも、人《ひと》を幸《しあわ》せにしてくれます。本書《ほんしょ》をつくろうと思《おも》いたったときから、こうして完成《かんせい》して本《ほん》となったものがみなさんのお手元《てもと》に届《とど》くまで、わたしたちはつねに感謝《かんしゃ》の気持《きも》ちを胸《むね》に抱《いだ》きつづけていました。この本《ほん》のページものこり少《すく》なくなってきたので、ここで、わたしたちにとって特別《とくべつ》な存在《そんざい》であり、ほかのだれにもまして感謝《かんしゃ》の気持《きも》ちを伝《つた》えたい人《ひと》たちをご紹介《しょうかい》します。

まずは、わたしたちそれぞれの母《はは》、ルシアとローザ。ふたりは、わたしたちむすめのことを常《つね》に信《しん》じ、まわりのだれもが恐《おそ》れ入《い》るほど強靭《きょうじん》な、その反骨精神《はんこつせいしん》と挑戦《ちょうせん》の心《こころ》を来《く》る日《ひ》も来《く》る日《ひ》も示《しめ》しつづけてくれました。生《う》まれたばかりの赤《あか》ちゃんだった、姪《めい》のオリヴィアの存在《そんざい》は、わたしたちが困難《こんなん》な戦《たたか》いをこれからもつづけていかなくてはならない、ひとつの大《おお》きな理由《りゆう》となりました。アントネラは、いちばん年《とし》がわかいのに、いつもわたしたちにはお姉《ねえ》さんです。アナリサ、ブレンダ、エレトラ、この3人《にん》は人《ひと》が望《のぞ》みうる最高《さいこう》の、そしてかけがえのない友《とも》です。

クリスティンは創業資金《そうぎょうしきん》を融資《ゆうし》する〈500スタートアップス〉基金《ききん》の担当者《たんとうしゃ》であり、たった20分《ぷん》ほどの面談《めんだん》で、〈ティンブクトゥ・ラボ〉社《しゃ》にとっては初《はつ》となる融資《ゆうし》を決定《けってい》してくれた人物《じんぶつ》でもあります。アリアーナは〈ティンブクトゥ・ラボ〉のすべての業務《ぎょうむ》に常《つね》に全力投球《ぜんりょくとうきゅう》し、本書《ほんしょ》のリサーチにも大《おお》いに貢献《こうけん》してくれました。ヴィルマの、その巌《いわ》のように揺《ゆ》るぎない勇気《ゆうき》にも感謝《かんしゃ》しています。おばあちゃん《ノンナ》のマリーザの、そのきらきら光《ひか》る眼《め》と、人《ひと》を信《しん》じて疑《うたが》うことを知《し》らない心《こころ》にも。もうひとりのおばあちゃん《ノンナ》のジョヴァンナは、仕事《しごと》をたのしくてきぱきとかたづけていくための格言《かくげん》や名言《めいげん》の宝庫《ほうこ》のような人《ひと》ですが、それを地《じ》でいく生《い》き方《かた》を身《み》をもって示《しめ》してくれたことにも。おばさん《ズィエ》のレレの、ほがらかな笑《わら》い声《ごえ》にも。

そして、最後《さいご》になりましたが、なによりも、誰《だれ》よりも、本書《ほんしょ》の出版《しゅっぱん》を実現《じつげん》するためにご協力《きょうりょく》くださった（今《いま》これを書《か》いている時点《じてん》では）20025人《にん》の支援者《しえんしゃ》の方々《かたがた》に、心《こころ》からの感謝《かんしゃ》を。

あなたがたのお力添《ちからぞ》えがあったからこそ、この本《ほん》を世《よ》に出《だ》すことができたのです。

著者《ちょしゃ》について

エレナ・ファヴィッリ

インターネットを含《ふく》むメディア関連《かんれん》で起業《きぎょう》。受賞経験《じゅしょうけいけん》をもつジャーナリストでもある。『カラーズ』誌《し》、マクスウィーニーズ社《しゃ》、イタリア放送協会《ほうそうきょうかい》（RAI）、『ラ・レプッブリカ』紙《し》、オンライン新聞《しんぶん》の『イ・エル・ポスト』で働《はたら》き、大西洋《たいせいよう》の両側《りょうがわ》でデジタル・ニュースルームを運《うん》営《えい》。イタリアのボローニャ大学《だいがく》で記《き》号学《ごうがく》の修士《しゅうし》号《ごう》を取得《しゅとく》、その後《ご》カリフォルニア大学《だいがく》バークレー校《こう》にてデジタル・ジャーナリズムを学《まな》ぶ。

2011年《ねん》、フランチェスカ・カヴァッロとともにiPadでは初《はつ》の試《こころ》みとなる子《こ》どもむけの雑誌《ざっし》『ティンブクトゥ』を創刊《そうかん》。〈ティンブクトゥ・ラボ〉社《しゃ》の創設者《そうせつしゃ》であり、最高経営責任者《さいこうけいえいせきにんしゃ》。本書《ほんしょ》は、エレナの手《て》がけた子《こ》どもむけの本《ほん》の5作目《さくめ》となる。

フランチェスカ・カヴァッロ

作家《さっか》、舞台演出家《ぶたいえんしゅつか》。演出《えんしゅつ》を手《て》がけた舞《ぶ》台作品《たいさくひん》は数々《かずかず》の賞《しょう》を受賞《じゅしょう》し、ヨーロッパ全土《ぜんど》で上演《じょうえん》される。ミラノのパオロ・グラッシ演劇学校《えんげきがっこう》で舞《ぶ》台演出《たいえんしゅつ》を学《まな》び、芸術学修士号《げいじゅつがくしゅうしごう》を取得《しゅとく》。熱心《ねっしん》な社会革新者《ソーシャル・イノヴェーター》でもあり、イタリア南部《なんぶ》で開催《かいさい》された〈スフェラカヴァリ　継続可能《けいぞくかのう》な創造力《そうぞうりょく》の国際《こくさい》フェスティヴァル〉を企画《きかく》し、運営《うんえい》に携《たずさ》わる。2011年《ねん》、エレナ・ファヴィッリとともに〈ティンブクトゥ・ラボ〉社《しゃ》を創設《そうせつ》、クリエイティヴ・ディレクターを務《つと》める。本書《ほんしょ》は、フランチェスカが手《て》がけた子《こ》どもむけの本《ほん》の7作目《さくめ》となる。

2013年《ねん》、エレナとフランチェスカは、〈イタリア人《じん》イノヴェーター　10人《にん》〉に選《えら》ばれる。エレナとフランチェスカは現在《げんざい》、ともにカリフォルニア州《しゅう》ヴェニスに在住《ざいじゅう》。

ティンブクトゥ・ラボ社《しゃ》

エレナ・ファヴィッリとフランチェスカ・カヴァッロが創設《そうせつ》。子《こ》どものために、インターネットを含《ふく》むメディア事情《じじょう》の新《あたら》しい形《かたち》を提案《ていあん》しつづけている。書籍《しょせき》、児童公園《じどうこうえん》、モバイルゲームなどの企《き》画制作《かくせいさく》を手《て》がけ、ワークショップ活動《かつどう》も積極的《せっきょくてき》におこなう。思考《しこう》を刺激《しげき》する内容《ないよう》とうつくしいデザイン、最先端《さいせんたん》のテクノロジーによって、子《こ》どもむけメディアの限界《げんかい》を拡《ひろ》げる。世《せ》界《かい》70か国以上《こくいじょう》に、200万人《まんにん》をこえるユーザーを有《ゆう》し、12個《こ》のモバイルアプリと、7冊《さつ》の書籍《しょせき》を提供《ていきょう》、進歩的《しんぽてき》な考《かんが》え方《かた》の保護者《ほごしゃ》むけに世界規《せかいき》模《ぼ》のコミュニティをつくりあげる。

以下《いか》の賞《しょう》、ならびに助成金《じょせいきん》をうける。

・2012年《ねん》　ベスト・イタリアン・スタートアップ

・2012年《ねん》〈ローンチ・エデュケーション・キッズ〉ベスト・デザイン賞《しょう》

・2013年《ねん》〈ロンドン・デジタルマガジン・アワード〉ベスト・チルドレンズ・マガジン・オヴ・ザ・イヤー賞《しょう》

・2014年《ねん》〈ボルドー・ビエンナーレ・オヴ・アーキテクチャー〉スペシャル・メンション賞《しょう》

・2016年《ねん》　プレイ60、プレイオン　ナショナル・フットボール・リーグ（NFL）基金《ききん》による、児童公園再生《じどうこうえんさいせい》プロジェクト

Rebel Girlsのコミュニティへのご参加《さんか》をお待《ま》ちしています。

フェイスブック：www.facebook.com/rebelgirls

インスタグラム：@rebelgirlsbook

ホームページ：www.rebelgirls.co/secret

最後《さいご》に、本書《ほんしょ》を気《き》に入《い》ってくださった方々《かたがた》に。

読者《どくしゃ》レビューをお書《か》きいただければ幸《さいわ》いです。